达·芬奇的猫

[美] 凯瑟琳·吉尔伯特·默多克 著

[美] 保罗·欧·泽林斯基 绘

刘勇军 译

中信出版集团 | 北京

非常感谢历史学家布拉德·布莱对文艺复兴时期的罗马、疾病、薪金和课业方面的深刻见解。

——凯瑟琳·吉尔伯特·默多克

图书在版编目（CIP）数据

达·芬奇的猫 / （美）凯瑟琳·吉尔伯特·默多克著；刘勇军译. -- 北京：中信出版社, 2022.10

书名原文: DA VINCI'S CAT

ISBN 978-7-5217-4621-1

Ⅰ.①达… Ⅱ.①凯… ②刘… Ⅲ.①儿童小说—中篇小说—美国—现代 Ⅳ.①I712.84

中国版本图书馆CIP数据核字（2022）第155811号

达·芬奇的猫

著　　者：[美] 凯瑟琳·吉尔伯特·默多克
绘　　者：[美] 保罗·欧·泽林斯基
译　　者：刘勇军
出版发行：中信出版集团股份有限公司
（北京市朝阳区惠新东街甲4号富盛大厦2座　邮编　100029）
承 印 者：宝蕾元仁浩（天津）印刷有限公司

开　　本：889mm×1194mm　1/32　　印　　张：8.25　　字　　数：162千字
版　　次：2022年10月第1版　　印　　次：2022年10月第1次印刷
京权图字：01-2022-3471
书　　号：ISBN 978-7-5217-4621-1
定　　价：35.00元

谨以此书献给维吉尼亚

目录

第一部分　过去

第二部分　现在和过去

第三部分　计划失败

第四部分　迎刃而解

第 一 部 分

·过去·

第一章

时空来客

费德里科从睡梦中一跃而起，迷迷糊糊地伸手去抽刀。“父亲！”他大叫道，“警报响了！”黑暗中有张脸若隐若现，一直盯着他看。可是，费德里科的腰间没有刀，甚至连腰带也没系。

好吧。他垂下双臂，长出了一口气。那张脸不是敌人，而是一尊古董雕像，是母亲送给他的礼物。费德里科的父亲、母亲和妹妹们都住在遥远的北方一座有五百个房间的城堡里。但在过去的一年，费德里科只身待在罗马的一栋公馆中，日子过得和坐牢无异。

警报再次响起。不，不是警报，而是喇叭，宣布宴会的下一道菜上来了。窗外传来阵阵笑声，香气扑鼻而来，有芥末酱、羊肉、洋葱，还有辣牡蛎、柑橘烤鱼……乐师们吹吹打打，演奏着乐曲。透过百叶窗的板条，费德里科可以看到一个庭院，里面装饰着一座座高大的大理石雕塑，栽种着细长的柏树，用餐的客人们都围在一张桌边。有个小丑在桌面上表演后空翻，只见他脚趾一甩，就弹灭了蜡烛。

费德里科本该和其他宾客一起观赏小丑的滑稽表演，笑得前仰后合。只是今天下午他有些头痛，便一觉睡到了现在。被喇叭吵醒后，他的头是不疼了，心里却很窝火，肚子也饿得咕咕直叫。

他想，他可以偷偷溜下去和大家一起吃饭。然而，绅士绝不能偷偷摸摸。绅士应该在适当的时间，在人们的赞许声中现身，万万不可带着睡醒后烦躁的孩子气出现在人前。再说了，他可不是小孩子。他已经十一岁，马上就是男子汉了。

费德里科闷闷不乐地打量着眼前的景象：大烛台烛光摇曳，水晶和银质的餐具闪动着光泽，一个个大碗里盛着芳香四溢的水，还有花瓣浮于水上。宾客的手指、帽子和头发上都戴着璀璨的宝石。喇叭声再次响起，男仆们用大浅盘端上了一个烤得金黄的野猪头。

一看到野猪头，费德里科更饿了，樱桃酱闻起来太香了！他得找点儿东西吃。但吃什么呢？他那精致的丝绸床单不能吃，父亲身着闪亮黑色盔甲的画像不能吃，他的课本、笔和墨水也不能吃……旅行箱里也许有食物。那玩意儿和棺材差不多大，可以装下像他这样长住所需的一切物品。

费德里科翻遍了每一层，他动作很轻，以免戒指钩破里面的衣裳。找到了！有一罐糖杏仁，但这只能稍稍缓解他腹中的饥饿。他紧皱着眉头，把最后一点儿糖吃进嘴里。要是在家，他可以偷偷溜到厨房，找蜜冬瓜或加了香料的糖浆夹心糖来吃。但在罗马，没有哪个厨师会为他保存这种奢侈的美味。

费德里科叹了口气，他的肚子仍在咕咕乱叫。他想吃点儿甜的！哪怕水果也成，比如葡萄，或无花果……

哦，无花果。就在今天早上，他还在教皇的新书房里看到了一盘无花果。当时，费德里科一连坐了好几个钟头，让拉斐尔·圣齐奥大师把他的肖像画在墙上。那些无花果是很不错的调剂。他和拉斐尔吃了几颗，剩下的还放在窗台上。

费德里科的肚子又咕噜叫了一声，一时间竟盖过了隔壁房间女保育员的鼾声。只是无花果都在教皇的宫殿。这么晚了，他一不带仆人，二不带守卫，甚至也不叫醒西莱斯特，就一个人过去找果子吃，这么做，合适吗？

他的肚子隆隆作响，像是在回答：非常合适。

费德里科迅速穿上丝绸马裤和紧身裤。这两件衣服并不配套，不过反正也不会有人瞧见。他挎好刀带，把斗篷披在肩上系好。绅士不穿斗篷，就跟赤身裸体差不多。将帽子戴在一头金色卷发上之后，他拿起西莱斯特为防万一一直点着的提灯，踮着脚尖走出了房门。费德里科确实是人质，孤身留在罗马，以证明他的家人对教皇尤利乌斯二世忠心耿耿。但是，这并不意味着他不可以踏出房间半步。

费德里科居住的公馆坐落在一座多风的高山上，离教皇的宫殿只有四分之一英里远。为了向客人们展示自己的气派，教皇最近决定建造一条长廊，将两地连接起来。然而，大部分长廊仍在建造当中，目前只有费德里科一个人使用，里面到处是工人堆放的木板和闲置的家具。这个时间，月亮从刚盖了一半的屋顶向里张望着。一架架梯子、一摞摞瓦片，在费德里科那盏提灯的照射下，投射出了怪异的影子，而且，墙边竟然有个人……

费德里科向后一跳，心扑通扑通狂跳起来。不过那不是人，只是一个大木箱。谢天谢地，他的妹妹们不在这里，不然非吓哭不可。不过他才不怕呢。

尽管如此，他还是别开了目光，蹑手蹑脚地从箱子边走了过去。

他终于来到了长廊的尽头，站在通往教皇宫殿的厚重大门前。教皇的宫殿也在建设中，每个房间和每条过道都需要重新装饰或改造。费德里科朝教皇的新书房走去，一路上不得不避开一箱箱的工具和一桶桶的生石灰。他正要伸手开门，却闻到了异样的气味：臭脚丫、脏衣服、油腻的头发……这股味道太熟悉了。“大师？”他皱着鼻子叫道，“米开朗琪罗大师？”

书房的门突然开了。“是谁？”米开朗琪罗瞪着眼睛，两只手握成了拳头，“嘿，费德里科。你来干什么？”

米开朗琪罗·博纳罗蒂真是个怪人。他是世界上最伟大的雕塑家，甚至比古人都有才华，可惜他这个人太傲慢，崇拜者不敢接近他，他又太痛苦，连朋友也离开了他。多年来他一直仰着头在西斯廷教堂的天花板上作画，弄得脖子弯曲变形，再也无法恢复。很久以前，他因为吹牛被人打断了鼻子，他父亲又警告他千万不可以洗澡——米开朗琪罗本来就谈不上英俊，再加上破了相，身上又臭烘烘的……

“晚上好，大师。”费德里科鞠了一躬，只能用嘴呼吸。米开朗琪罗怎么在这里？“我来……欣赏我的肖像画。”这么说，总比承认肚子饿体面得多，毕竟只有穷人才会觉得饿。他从米开朗琪罗身边溜进书房。书架和地板上都盖着盖布，屋里有许多粗糙的平台，油漆工站在上面粉刷高处的墙面。无花果在那儿，搁在窗台上的大浅盘里。“啊。无花果。”他递出盘子，“要不要来一颗？”

米开朗琪罗摆摆手，示意对水果不感兴趣。“你的肖像画？”他嘲笑道，“肖像画算不得艺术。”

“有时还是算的。”费德里科的目光落在了门上方一个英俊的金发男孩身上，在壁画里，这个小小的人物身边有五十多位哲学家。“真高兴能把你画进去，”拉斐尔在完成最后一笔时说，“你看起来拥有超越年龄的智慧。”

米开朗琪罗瞪着画满了人的墙壁。“花孔雀所知道的一切，都是我教的。”“花孔雀”是米开朗琪罗给拉斐尔取的绰号，嘲笑拉斐尔总喜欢穿华丽的衣服。

费德里科差点儿被无花果噎住了。“我不知道拉斐尔大师是你的学生。”

“我没说他是我的学生，我死也不会收他做学生。他一直在偷师，就像水桶上的洞，要把我掏空。这么说吧，他就和水蛭吸血差不多。”

“啊。”费德里科放下了盘子，现在他只觉得反胃。

米开朗琪罗紧皱眉头，瞧着画中的哲学家毕达哥拉斯展示他的和谐理论。“你和拉斐尔都聊什么？有没有谈到我？”这位画家虽然只有三十六岁，脸上却布满了痛苦的皱纹，身上还散发着汗水和旧靴子的臭味。

费德里科壮起胆子又拿了一颗无花果。“我们大部分时间都谈论教皇陛下。拉斐尔喜欢听他掀翻双陆棋棋桌的事。”

费德里科经常和教皇下双陆棋，多数时候赢的都是他。

“你知道，花孔雀很想看看西斯廷教堂，但我这辈子都不会允许。”米开朗琪罗怒视着墙壁，画中人是如此完美，几乎像是在呼吸。“哼。”他跺着脚走开了，身后留下一股臭味。

这事儿太奇怪了，费德里科心想。在回公馆的路上，他一直琢磨着米开朗琪罗深更半夜跑去教皇的书房做什么？宫殿的装饰工作由拉斐尔负责，与他无关。突然，真相冒了出来，费德里科不由得倒抽了一口凉气，米开朗琪罗一直在暗中监视！他这么一位伟大的画家，居然偷偷摸摸地研究年轻的拉斐尔。多么有趣的八卦新闻。

但费德里科能把这事儿告诉谁呢？西莱斯特自己总是说个没完没了，根本没时间听别人说。在教皇的宫殿里，做小厮或给厨子当小工的孩子寥寥无几，又与他身份悬殊。公爵的儿子不可以与平民交往。那他的仆人呢？裁缝呢？小丑呢？他卧室天花板上画着的丘比特呢？不可以。费德里科在罗马的确认识很多人，奈何哪一个也算不上他的朋友。

他在长廊里艰难地走着，一边咀嚼着最后一点儿无花果，一边思索着这个悲哀的现实。远处的圣玛丽大教堂响起了午夜的钟声，那悲恸的声音正合他的心情。砾石在他的便鞋下面发出刮擦声，他的提灯根本无法冲破黑暗。星星冷冷地看着他。他多么希望妹妹们此刻陪伴在他身边啊，他多么想回家啊。他已经不是第一次想逃跑了。然而，这样的罪行会使他的整个家族蒙羞。不，他必须留在罗马做人质，等待教皇在合适的时机放了他……

“喵！”

是什么？费德里科拔出刀，猛地转过身来。珍珠般的月光穿透黑暗，照亮了摞成金字塔形的地砖、成堆的木板，以及墙边那个很高的木箱……他皱起了眉头。这里怎么会有一个箱子？肯定是今天下午他午睡时送来的。

费德里科鼓足勇气，拿着刀慢慢靠近。那个箱子，或者说是壁橱，确实十分精美，光滑的胡桃木上镶嵌着宝石。这样的木工手艺，不花大价钱是买不到的。

壁橱门内突然响起一阵刮擦声，虽然很轻，却持续不断。费德里科连忙向后跃了一步，嘴里直发干。“走……走开……”

又一阵刮擦声响起。此时要是有个朋友在就好了，费德里科愿意用自己的半个国家交换。

“喵！”

“老天。”只不过是一只猫被困在了这个精致的雕花壁橱里。费德里科如释重负地哼了一声，把刀收进刀鞘。“出来吧。”他拉开门闩大声说。

一只小猫冲了出来，尾巴不停地抖动着。“喵？”那是一只黄色的小猫，毛色很像狮子，耳朵尖是黑的。他把小猫抱起来，它在他手里咕噜咕噜叫。猫咪那对琥珀色的眼睛带着黑边，很像埃及人画了眼线的眼睛，在灯光下闪闪发光，一颗颗小牙还没有针粗。“喵？”

“你好。”费德里科鞠了一躬，“我是费德里科·贡萨加爵士，家父是曼图亚的弗朗西斯科二世公爵，家母是菲拉拉的伊莎贝拉·德埃斯特夫人。”

“喵。”小猫伸出一只柔软的爪子，轻轻拍着他的鼻子，它不停扭动，想要挣脱。

“老天。我不会抓着你不放的。”费德里科把它放下，它立即蹦跳着跑开，像小丑一样打滚儿，不过它可比宴会上的那个小丑强多了！费德里科大笑起来，还为它鼓掌。让他往后余生一直看这一幕，他也愿意。

突然，小猫停了下来，舔舔一只爪子，好像在说：你要我打滚儿？偏不！

它发现了一根羽毛，便压低身子，朝它爬去。接着，它一跃而起……

“抓住了！”费德里科喊道，“嘿，你太聪明了。”

它像一匹小赛马一样坚定地冲过长廊，随即转身往回狂奔，结果一下子撞到费德里科的脚踝，反弹了出去。“喵。”

它叫了一声，整个身体都像在呜呜叫着。

“你的短跑很不错。”费德里科抚摸着它，“只是转弯还需要多加练习。”

小猫趔趄着跑开了，突然，它弓起背，毛发根根竖起，随即轻快地朝费德里科跑了过来，嘴里嗞嗞叫着。

“哇，你好凶，我被吓破胆了。”他躲在斗篷后面，表示自己很害怕。

它拍着斗篷的下摆，爬上了他的腿……

“噢！”他笑了，把它拉下来，“我的紧身裤是丝绸做的。”

它朝壁橱走去，拍了拍门。“喵？”

费德里科快跑过去打开了柜门。小猫嗅了嗅，摇晃着爬了进去。

他鞠了一躬，把门关上。“猫小姐……”他说着把门拉开，“你好。”

可里面哪里有什么小猫。

“小猫？”他向壁橱里张望。

什么都没有。

费德里科伸手去够提灯。“你在哪儿？”他跪下来，用两只手摸着壁橱里面，又用提灯照着角落，还照了照嵌有宝石的柜门。里面没有小猫，只有黑色檀木和白色冬青木上的奇怪符号。

他往后退了几步，心里涌起一阵恐慌。“小猫？”远处有人在笑，还有人在弹奏音乐，但这条长廊里寂静无声。静得掉根针都能听到，唯有圣灵教堂的钟声飘荡而来。

一声哽咽自费德里科的胸口发出。“你在哪里？”他应该把这个壁橱砸碎，用他的刀柄打碎宝石，再把碎片踩在脚下。这事儿太奇怪了，不合常理。“小猫？”

圣灵教堂的钟声归于沉寂。圣奥古斯丁教堂和圣鲁菲纳教堂的钟声开始响起，罗马的每所教堂都按照它们自己的时间过午夜。

费德里科大口大口地吸气。这是专门吓唬人的恶作剧？还是巫术？一定是邪祟在搞鬼。他非常难过地关上了壁橱门。“再见了，小猫。”返回公馆有很长一段路。提灯在他的手里垂着，仿佛有一百磅重。一股前所未有的孤独感将他包围。

“喵。”

他飞快地冲回去……用力打开壁橱门……

一只猫溜达了出来。那是一只成年猫，皮毛的颜色像狮子，眼睛有黑边。猫抬头望着他。“喵？”不过它的叫声并不像小奶猫那样轻柔。

“你是那只小猫？”他小声说。

猫从他的双腿之间穿过，用又黑又尖的耳朵蹭着他的小腿。

费德里科倒抽了一口气。“就是你，但怎么可能……”

“喵。”它从容地走向壁橱，在提灯的灯光下眨了眨琥珀色的眼睛。它走起路来，不再像小猫那样趔趄。“喵。”它拍打着壁橱门。

“不！”费德里科把猫抱了起来，“那东西太危险了。”他把它抱在怀里，也顾不得担心有人听到他的脚步声，飞快地跑回了公馆。

第二章

奇怪的信息

第二天，费德里科一觉醒来，心里充满了悲伤。他梦见一只非常可爱的猫只属于他，但那只是个梦，多么可悲啊！他翻了个身，把脸埋在枕头里。

“喵。”

费德里科旋即睁开了眼睛。那只猫竟然就在他旁边的床垫上，似乎面带微笑，发出轻轻的咕噜声。刹那间，整个世界都变得美好了。

猫陪着他度过了整个上午，他坐在书桌前写信，猫就蜷缩在他的胳膊肘边。他是这么写的：

最亲爱的母亲：

我一直在努力学习。

希望你和妹妹们一切安好。

大师拉斐尔为我画了一幅肖像。我养了一只猫。

爱你的儿子

费德里科

他很想在信里讲讲米开朗琪罗在午夜的奇怪行为，吹嘘一下自己和教皇下双陆棋下赢了。他很想和母亲说说猫的事，告诉她那只猫一转眼就从小猫长成了大猫，还在壁橱里消失不见了……但他不能，因为他是用拉丁文写的信，而写拉丁文对费德里科来说可不是易事。

“我是不是该说，我是半夜在长廊里碰到你的？”他问。

“喵。”

“你是对的，没关系。”他仔细端详着桌子上方父亲的肖像。他愁眉不展，留着一头短发和络腮胡子，穿着红色镶边的黑色盔甲。他是一位伟大的武士。费德里科总有一天也会成为一名武士。而武士用不上拉丁文。

猫蹭了蹭他的肩膀，发出咕噜咕噜的声音。他微微笑着，搔了搔猫的耳朵。他想到了一个绝妙的主意：他要送给猫一件礼物，来表达自己的爱意。于是，学完了拉丁文，上完了佩德罗先生的击剑课，他便穿过宫殿的庭院，去马厩找马具匠。马具匠能为各种动物制作各种皮革制品。费德里科要买一件适合绅士宠物的装饰。

他小心翼翼地走到马具匠身旁。马具匠正在一个工作台边干活，身边支着遮阳棚遮挡夏天的阳光，空气中弥漫着蜂蜡、皮革和马的气味。通常，费德里科一见这个马具匠就躲得远远的，他的脸上有道伤疤，还老是面带讥讽之色。然而现在，费德里科鼓起勇气，说道："你好，大师。"

马具匠仔细地打量着费德里科，仿佛他面前的男孩是一块牛皮。"有何吩咐，阁下？"他笑了笑，却牵动了伤疤，神情反倒显得有些狰狞。

"我……我想要……一个……猫项圈。如果可以的话，要个精致一点儿的。"

马具匠放下他正在捻接的缰绳，在工作台上一通翻找，那里竟然有这么多穿孔和切割的工具！他举起一条镶着珍珠的红色皮带。"这个可以吗，阁下？"

红色和白色正是贡萨加家族的颜色！费德里科咬住嘴唇，以免自己倒吸气。即便喜欢也不可显露出来，那样只会付出更多的代价。"除非你有更好的选择。"

"没有更好的了。"马具匠翻转皮带，将珍珠置于阳光下，"给你，阁下，只要……三个金币。"

这一次，费德里科再也忍不住，倒抽了一口气。"我没有三个金币。"

可项圈是那么柔软，那么完美。

马具匠斜眼看着他。“阁下，有一个办法。也许你把骑马比武用的马鞍摔坏了，修理费正好要三个金币。”

“可是我没有弄坏马鞍。”费德里科听得一头雾水。

“那就假设你弄坏了。我写信给你母亲的书记员，到时他自会把钱给我。”

“啊。”费德里科听懂了，“这样的话，项圈就是我的了。”

“正是。”马具匠的伤疤再次抵消了他的笑容，“绅士都让别人来为他们付账。”

这个人简直粗鲁至极。受此奇耻大辱，费德里科应该迈着重重的脚步，转身离开才对。可他太想要项圈了。“事情务必要办妥。”他最后还是说道，这是他母亲常说的一句话。他把项圈装进口袋，把头一扬，让马具匠见识一下自己的气度。要是此时有朋友在场，见证费德里科有多聪明就好了。但这就是他在罗马的生活。

费德里科回到卧室，急忙把项圈拿给猫看，猫见他这么在意自己，十分得意。它戴着华丽的新饰品，一直陪伴费德里科上完了法语课、演讲课和舞蹈课。后来，它还像一尊优雅的雕像，在一旁看着西莱斯特为他穿上赴宴的盛装。

“看看你吧，”老妇人说着给费德里科戴上了一顶红白相间的帽子，“和你父亲一样出众。”她把礼服刀插进他的腰带，把一件内衬是红丝绸的斗篷披在他的肩上。

“喵。”猫表示同意，同时拱起脖子来炫耀自己的毛色。

费德里科听他们称赞自己，咧开嘴笑了。

“阁下，你要成为家族的骄傲。”西莱斯特说，“对一个人而言，家庭无比重要。”

宴会由一位红衣主教和他的侄子在河对岸的一座宫殿里举办，进行得非常顺利。红衣主教送给费德里科一个精美的银盐瓶，甚至还让他第一个切开天鹅肉，这可是很高的荣誉。贵族的妻子们个个珠光宝气，无不称赞费德里科长相英俊，还说他能做教皇的客人，是多么无上的荣光。她们都没有用“人质”这个词。最重要的是，费德里科探听到，长廊里那个怪异的壁橱是法国国王送给教皇的礼物。

他皱了皱眉，思考着这件事。“法国国王有没有养小猫？”

“小猫？”一位伯爵夫人大声笑着，捏了捏他的脸颊，“我想并没有，你这个小机灵鬼。”

费德里科回到了公馆，他吃了太多的馅饼，撑得肚子都疼了，脸被捏了太多次，感觉火辣辣的。他一进来，猫就坐直了，琥珀色的眼睛眨了眨。“你为什么躲在一个从法国送来的壁橱里？”他抚摸着它问道，壁橱是国王赠送的，他真想仔细研究一下，“想去冒险吗？”

“喵。”猫的珍珠项圈闪闪发光。它似乎在说：当然想。

于是，在确定西莱斯特睡着后，费德里科就带着他的宠物出发了，明月皎洁，他们甚至不需要提灯。猫懒洋洋地躺在他的怀里，用明亮的眼睛注视着长廊的影子。下面花园里的雕像闪着光，看起来怪异而苍白，它们在月光下像是在摆动。月光透过窗户和未完工的屋顶倾泻下来，用珍珠般的光泽照亮了壁橱。

费德里科现在可以看到，柜门上并没有宝石，他之前真够蠢的。其实柜门上镶嵌的是八颗玻璃球，代表了八角星的八个尖顶。玻璃球在月光下闪动着微光。八角星上有一些符号，也许不是符号，而是他不认识的字母。能在木头上做出如此精美的镶嵌工艺，的确需要技巧。

他小心翼翼地打开了门。“喵！”猫尖声叫了起来。

“对不起。”他抓着它，有点儿太用力了。

他现在看到壁橱的后壁有八面镜子，用来反射玻璃球发出的光线。柜门背面还有一个橘子大小的玻璃球。

他摸了摸那颗玻璃球。里面封着水，而水在晃动。他把柜门开合了几次，不明白这个奇异的球是干什么用的，这期间，猫咪一直在他怀里看着他的一举一动。他估计，镜子会把球发出的光反射到水中。但为什么有人如此大费周章地移动并捕捉光线呢？

“为什么不用提灯？”他问猫。

“喵！”猫打了个哈欠。

他关上门，眉头皱成了一个疙瘩。根本说不通呀。他再一次轻轻地打开了门，球内的水在旋转。

午夜的钟声打破了寂静。猫吓得一哆嗦，从他怀里跳了出去。

“哎哟。”费德里科叫道，“不要！”可是，猫已经跳进了壁橱。他紧跟过去，想把它抓回来……

但他的手指碰到了一条腿和腿外面的裤子布料，有个男人突然从柜子里走出来，站在长廊里。

费德里科吃惊地大叫一声，踉踉跄跄地退了回去。

“你好？”那人用蹩脚的意大利语问候道。他怀里抱着一只猫，那是费德里科的猫！“很高兴见到你。”

第三章

糖果与朋友

费德里科从没见过这个陌生人的穿着打扮。这人头上没戴帽子，裤子垂到脚踝，但他咧嘴笑着，仿佛整个世界都属于他。“听，是钟声！”他高兴地叫道，“他们在午夜敲钟。”

“项圈呢？”费德里科厉声说，他太气了，忘记了要害怕，他指着猫，“就是红色的珍珠项圈，我花了三个金币呢。”

那人在长廊里四处张望。“请告诉我，这里现在是哪一年？”

费德里科回答说：“公元1511年。”多么荒谬的问题啊。“它的项圈呢？”他再次问道。

那人笑了，他的手一直在抚摸猫。“看看你给我惹了多大的麻烦，朱诺。”他看见费德里科皱起了眉头，“这是它的名字，朱诺。众神的女王。”

“我知道朱诺是谁。”费德里科反驳道，“我懂拉丁文。”

“你的房子真漂亮。”这个人真没礼貌！他说话的口气是那么粗鲁，他抱着那只猫，好像他才是猫的主人，他甚至都没有鞠躬。

“这里是一座宫殿。”费德里科纠正道，“梵蒂冈宫，属于教皇陛下。”

“啊。”男人说，“你介不介意我四处看看？”

“介意。”费德里科也可以很没礼貌，接着，他想到了一个主意，一个非常好的主意，“我的意思是，我不介意。也就是说……来吧。”他一甩斗篷，领着陌生人穿过长廊。他要让这个无名小卒开开眼界。

“这里有很多工作要做啊。”那人看着宫殿里乱七八糟的桶和梯子说。

“没错。我和教皇陛下有很多想法。”费德里科等了一会儿，那人却一言不发，“比如，这里是教皇陛下的新会客室。”在月光的映照下，刚画完的人像的眼睛闪闪发亮，柱子和树木如幻影一般。

陌生人大吃一惊。“拉斐尔的画！”他放下猫，冲到跪地士兵的画像前，探身过去，仔细端详士兵们的制服。

“那是瑞士卫兵。他们用剑和长矛战斗，忠贞不贰。”

“嗯。”那人的鼻子都要碰到墙壁了。猫走到一边，在阴影里嗅来嗅去。

“我们应该继续参观，我还有很多地方带你去看，隔壁这间将来会是教皇陛下的书房……”

“《雅典学院》！”那人微笑着看着费德里科，猫紧紧贴着费德里科的脚踝，“还有，你看，朱诺把你当朋友了。”

费德里科急忙把猫抱起来。“说实话，我还没给它起名字呢。”

男人耸了耸肩，转身继续看画。“在它刚生下来时，它的主人就给它取了朱诺这个名字。”他指了指房间边缘摆放着的粗糙的平台，“可以吗？”

“请便。”费德里科把猫——他的猫——举到平台上，自己也爬了上去。突然，他感到有点儿紧张。如果陌生人嘲笑他怎么办？但费德里科打心眼里渴望炫耀一下自己的画像。然而……

“那一位是苏格拉底。”陌生人指着画中的一个人物说，“我是在大学时知道他的。”他倾身向前，端详着一只穿凉鞋的脚，“能看到这画刚画出来的样子，真是太好了。”

什么意思？管他呢。“这是荷马，这是毕达哥拉斯，这是……”

“是谁？”那人问道，他的眼睛闪闪发亮，“请告诉我。”他扫视着墙壁，欣赏着穿托加长袍、戴头巾的阿拉伯哲学家……“这是你！”他目瞪口呆地看着画中的一个人物，那是个男孩，留着金色卷发，他转向费德里科，“看看他的头发、下巴，还有眼睛！那双眸子，像星星一样。”

“那双眼会发光。”费德里科解释道，“拉斐尔这么说过。”

那人摸了摸画像。“不可思议。太完美了。谢谢你带我来。”

费德里科耸了耸肩，心里却像个小丑一样咧着嘴笑。他怎么会看不起这个人呢？“对不起，我没听清你的名字。我是曼图亚的费德里科爵士。”

“很高兴见到你，费德里科爵士。我是新泽西的赫伯特·巴泽，叫我赫伯特就可以了。”

“赫伯特……赫伯特·巴泽。”费德里科费力地说出这拗口的名字。北方语言就是讨厌，他们的名字太难发音了！朱诺趴在他们旁边，舔着一只爪子。朱诺，嗯，他不得不承认，这是个好名字，尤其是一只如此高贵的猫。他自己也能想到这样的好名字。

赫伯特欣赏着壁画，满足地点着头，甚至还用手帕擦了擦眼睛。“你喜欢巧克力吗？”他咧嘴一笑，把手帕塞进口袋。

“恐怕我从未听说过这个东西。”费德里科不想批评陌生人的意大利语说得不好。

赫伯特坐在平台上，掏出两个纸包，里面鼓鼓囊囊地包着两块东西。“我相信你会喜欢的。这是糖果。”朱诺亲热地蜷缩在他身旁。

“糖果？”费德里科咚的一下坐在他们旁边，“我得承认，我很喜欢糖果。”

“是的，我也是。”赫伯特打开一张纸，把糖果递给他。

费德里科的心沉了下去。那坨棕色的东西跟屎一样。

“很好吃。”赫伯特让他放心，自己咬了一口，“这叫巧克力。”

“喵。”朱诺大声叫了一下。它可能是在笑。

费德里科勇敢地咬了一小口。这种糖果不辣，没有咸腥味，没有蜂蜜味，吃起来不粘牙，不难嚼，也不硬，更没有甜酒或水果的味道。那是一种他从未品尝过的味道。巧克力像黄油一样在他的舌头上融化了，却比黄油美味得多。

赫伯特看着，笑得合不拢嘴。“你们在 1511 年没有巧克力吃吗？”

费德里科摇了摇头。“要是有，我肯定知道。”他含混不清地说，又咬了一口。

“中间是惊喜，夹着花生。”

这是费德里科吃过的最美味的坚果！有嚼劲但又不太难嚼，味道浓郁，诱人的香味直扑他的鼻子。“花生。”他咀嚼着，尽情享受着，“巧克力。你说得对，赫伯特，太好吃了。”

他们吃着，双脚悬在平台上晃来晃去，赫伯特那件宽松长裤跟费德里科的紧身裤大不相同。“你的意大利语说得很好。”费德里科说。

“多谢夸奖。我在意大利住过一阵子，学习绘画。”赫伯特模仿执笔画画的动作，“作为一个画家，我很糟糕。但我也买画去我的国家卖。我买的是……那个词怎么说来着？对啦，是草图。”

“只买草图？”朱诺嗅了嗅他的手指，费德里科笑了，“不买画家完成的作品？”

“是的。各色画家的草图……”赫伯特咬了一半就僵住了，他扭头盯着他们身后那堵巨大的墙。接着，他的目光慢慢地回到了费德里科身上。“你……”他把巧克力咽了下去，“你认识拉斐尔。”

“当然。事实上，我昨天还见过他。”费德里科直勾勾地看着赫伯特的口袋，“巧克力非常美味。”也许赫伯特还有一块。

赫伯特搔了搔脸颊。“听着，费德里科爵士。我们来做个生意，你看怎么样？你给我草图，也就是画家们不要了的垃圾，我用巧克力和你交换。”

“嗯。听起来还不错。”费德里科一边挠朱诺的耳朵，一边假装若无其事地耸耸肩。只要几张纸，他就能得到世界上最美味的食物！他指着角落里的一堆纸。“给你这些，我——或者任何人——能得到多少巧克力？”

“我的天啊！”赫伯特跳下平台，还把朱诺吓了一跳。他飞快地翻着那些纸：一只脚，一只手，一绺头发……所有这些细节可以组成一幅成品。“太妙了。”

朱诺尾巴一甩，跳了下去。“喵！”它在书房门口踱来踱去，表示不满。

“朱诺！”费德里科跟在它后面爬了下来，“小心点儿。”

“对它来说，天已经很晚了。老天，对你来说，天也很晚了！你爸妈不担心你吗？”

“我父母不住在罗马。”费德里科叹了口气，“说实话，我是人质。我父亲负责统领教皇陛下的军队，教皇陛下不希望他被法国人收买。”

赫伯特看上去吓坏了。“但是，你还是个孩子。太可怕了！”

“有时确实是的。”赫伯特的声音是那么亲切，费德里科的喉咙哽住了，“我想念我的妹妹们。她们一定很乐意和我一起探索这个地方，也会很喜欢吃巧克力。”

“但在这里，谁来保护你的安全呢？”

“喵！”朱诺站在门口怒视着他们。

“有朱诺。”费德里科忍不住笑了，“还有西莱斯特和我的老师们。”但是，经赫伯特一提醒，他不免担心起来。要是西莱斯特发现他的床是空的……“我该走了。”

赫伯特也站了起来。“我很难过你离开了你的家人，但我很高兴认识你！你半夜还会再来吧？只有在午夜，壁橱才能起作用。到时候，我也会再来，还会带着巧克力。”

“不光是巧克力。”费德里科在门口停了下来，“是花生夹心巧克力。”

“是花生夹心巧克力。”赫伯特咯咯地笑了，“明天见，我的朋友。”

费德里科一路飞奔回去，耳边回响着那美妙的诺言，朱诺跟在他旁边。他们一起来到长廊，飞快地越过一片片月光。

“喵。”朱诺欢快地冲到了前面。

“等一下。”费德里科叫道，就像在喊一个朋友。朱诺是他的朋友。朱诺和赫伯特都是，而这无关他们是怎么出现的。他现在不光有了两个朋友，还可以吃到巧克力！

第四章

有关达·芬奇和窃贼的谣言

费德里科才睡了一会儿就醒了，但他还是忍不住笑了。朱诺真是一只聪明的宠物，竟然把赫伯特带到了他的身边。而大多数猫只能抓来死老鼠。他高兴地亲了亲它。

“快点儿，快点儿。”西莱斯特拍着手快步走了进来，“天啊，那只猫耽误了你太多时间。你该去见教皇陛下了，迟到了可怎么办？”

费德里科的喜悦顿时倍增，因为今天他要穿上最好的衣服。他要去教皇的宫殿里参加仪式，晚宴结束后还可以看歌剧。“我趁机找一两幅画，好交换花生夹心巧克力。”他低声对朱诺道。

“你在说什么？”西莱斯特擦了擦他的脸颊，“这是泥吗？”她不停地发牢骚，但费德里科正忙着幻想品尝美味的巧克力，没时间听。她把他带到镜子前。“看看你。”她大惊小怪地说，“你是天使。”

费德里科端详着从昂贵的威尼斯镜子中对自己微笑的影像：白色丝绸紧身上衣，白色锦缎坎肩，外面套着一件金线斗篷，头戴一顶装饰着钻石的白色天鹅绒帽子……他的确像个天使。“我是不是很好看，朱诺？”他伸手想摸摸它，但西莱斯特把他的手拍掉了。

“它的毛会粘在你的漂亮衣服上。现在快点儿吧。不可以让教皇陛下说你喜欢迟到。”

于是费德里科快步朝宫殿走去。阳光在闪烁，他鞋上的搭扣在闪烁，他的戒指也在闪烁，一切都很美好。他穿过走廊，一路上透过窗户欣赏着教皇的花园，大理石雕像在树丛间闪闪发光。两名宽肩膀的瑞士卫兵正齐步走过庭院，他们的条纹戎装像珠宝一样闪亮。过了长廊，透过窗户可以俯瞰城市里的红色屋顶和缓缓流动的大河。

费德里科经过一个壁龛，壁龛门上有一把小锁，这是米开朗琪罗工作室的私人入口。也许这个时刻，那个闷闷不乐的人还在里面埋头苦干。至少长廊里没有异味。

他走近那个诡异的壁橱。离午夜还有几个钟头，但他还是勇敢地把门打开了一道缝。“赫伯特？”他小声说，可惜壁橱里是空的。他很想知道赫伯特是怎么出现在这里的？那里面连一只蜘蛛都藏不住，更不要说像赫伯特这样的成年人了。他打了个寒战，赶紧把门关上。马也好，狗也罢，法国国王应该送点儿普通的礼物才对。

费德里科终于到达宫殿，走进了教皇的豪华大厅，里面人头攒动，十分嘈杂。

“费德里科爵士！”教皇吼道。“看看他吧。”他对法国大使喊道。教皇腰身粗壮，与一旁的大使相比，就像木桶站在芦苇旁边。“真是个英俊的小伙子，他就像我的孙子一样。”教皇假装打出一拳，“年轻人，要不要和我对战一场？想不想对战一场？”

费德里科勉强笑了笑。“太有趣了。”即使开玩笑，教皇这一拳也用了很大的力道，“我一直在欣赏你的新壁橱，教皇陛下。”费德里科觉得应该赞美一番。

“什么？”教皇的目光越过他，扫视着房间。一位西班牙红衣主教正走进来。

“那是法国国王的礼物……”

“什么？以后再谈吧。”教皇丢下费德里科走了。

“这人真无礼。”法国大使气急败坏地说。

费德里科朝教皇的私人办公室瞥了一眼，他想能不能神不知鬼不觉地溜进去？他得找几张草图给赫伯特……

“你喜欢那个壁橱，是吗？”法国大使打断了费德里科的沉思，“你很有品味。那是达·芬奇大师设计的。”

费德里科的下巴都掉下来了。“列奥纳多·达·芬奇吗？”众所周知，这位天才现在为法国国王工作。但他曾在贡萨加城堡住过一段时间。“他为我母亲画过画像。”从那以后，她就一直缠着达·芬奇把画像画完。从小到大，费德里科听她抱怨过无数次。

“我看过那幅画像。”大使仔细端详着费德里科，“那个壁橱……告诉你好了。达·芬奇一直在做隔空传物之类的实验。”他摆了摆手，“不过出了点儿意外，他就甩手不干了。所以国王只得到了一个价值不菲的壁橱，后来就当礼物送给了教皇陛下。”

“意外？”费德里科深吸了一口气，难怪壁橱看起来怪瘆人的，“发生什么事了？”

“他没有说。不，倒也不是一句话都没说。”大使靠过来，他的眉毛挑得太高了，甚至都隐没在帽子下面了，“他只说了一句话：‘我失去了小朱诺。’”

费德里科的汗毛都竖起来了。“朱诺？”

大使朝费德里科笑了笑。“你真是个高明的密探，嗯？我不会把这事告诉一个大人。但面对一个孩子……”

唉，费德里科没能探听更多的细节，因为就在这时，司仪吹哨请所有人准备好，动身前往教堂。费德里科顺从地站在指定的地方，脑袋里却一片混乱。他恭恭敬敬地跟在教皇的身后走进西斯廷教堂（教皇是坐在轿子上被人抬进去的，教皇就该有这样的气派），然后，他恭恭敬敬地坐在曼图亚家族继承人该坐的位置上。教堂天花板上的画还没有完成。但是，聪明的米开朗琪罗设计出了脚手架这种东西，在他作画期间，地面上不会有任何障碍，此时，数百名信徒挤满了这个空间。高高的天花板在他们头顶上方，一半是未作画的灰泥，另一半用一块巨大的帆布遮着，以防颜料滴下来，还可以起到保密作用。一面墙边立着一架梯子，费德里科经常在梯子上爬上爬下，好向好奇的母亲汇报米开朗琪罗的工作进展。

仪式开始了，叽叽喳喳的声音安静了下来。教皇很快就睡着了，他在仪式上经常如此。教皇鼾声如雷，费德里科都听不清神父们做了什么祷告，但这无关紧要，因为他有太多事要思考。

那个壁橱，居然是伟大的列奥纳多·达·芬奇设计出来的？太不可思议了。还有朱诺，哎呀，它一定是达·芬奇的猫。不知因为什么，它在还是只小猫时从法国穿越到了罗马。然后，它又消失在壁橱里，回来时却长成了一只大猫，还带来了赫伯特。但这是怎么回事呢？

啊哈，费德里科心想，赫伯特一定就是达·芬奇。

不过那是不可能的。达·芬奇穿着华丽，每个人都知道这一点。他还能讲一口流利的意大利语。再说了，他肯定知道现在是哪一年。

也许赫伯特是达·芬奇的仆人？

但这么一个伟大的人，绝不会雇用如此无知的仆人。

也许赫伯特认识法国国王？不可能。

真是太扑朔迷离了。

费德里科希望能找个朋友聊聊，把事情弄清楚。最合适的人选就是赫伯特，也是唯一的人选。

仪式终于结束了，教皇在一声鼻息中醒了过来。人群拥向教皇，如同山羊围着一桶谷物，他们或是希望得到教皇的祝福，或是想跟他说上一句话。费德里科跟着人群走出教堂，回到大厅，和许多位教士、主教、大臣、骑士、侯爵和伯爵打招呼。每个人都想恭维他的衣着，赞美他的家族，他必须表现出无可挑剔的风度。所以，他一面拿出完美绅士的样子笑迎众人，一面留意着教皇私人办公室的房门，等待时机。他必须弄几张草图给赫伯特！

他慢慢地侧身靠近。在大厅的另一边，教皇正大声开着玩笑，人们整齐划一地扭头看着教皇。费德里科的机会来了。他深吸了一口气，强压下心里的恐慌，小心翼翼地把门打开，溜了进去。

这里简直是个宝库。房间里的一个个架子上摆满了地球仪、书籍和小雕像。一个无门壁橱里放着一卷卷建筑平面图。一个窗台上放着好几堆草图。费德里科急忙翻阅起来。赫伯特想要什么样的呢？拿着葡萄的肥胖小天使？一头往食槽里窥视的驴？一个面带微笑，有着柔软卷发的女人？翻到一幅画时，他手上的动作停了下来。画中是一个留着长胡子的老人，签名是米开朗琪罗。也许这是一幅教皇的画像，所以才放在这一摞草图的最下面！教皇并不认为自己老了。费德里科把这幅画拿走，也算帮了教皇一个忙。

费德里科匆忙解开上衣扣子，把画塞了进去。这不是偷窃，他向自己保证，当然不是。绅士绝不偷盗。不过还是少拿一点儿为好。

费德里科扣到最后一颗扣子时，门突然开了。他像上钩的鱼一样跳了起来。

一名身穿天鹅绒制服的瑞士卫兵朝里张望，像所有的瑞士卫兵一样，他很可怕。“阁下，请原谅。”他鞠了一躬，手仍握着剑柄，“我不是有意打断你的。”

费德里科强作镇定。他毕竟是曼图亚公爵的儿子，也是教皇的客人。教皇本人承诺过，费德里科可以自由出入宫殿。那难道不包括教皇的办公室？“别……别放在心上。”

他结结巴巴地说。

卫兵打量着费德里科。“你不舒服吗？”

费德里科抚平紧身上衣。“我只想安静一会儿。”这是他母亲最喜欢说的话之一。他慢慢地从卫兵身边走过，心怦怦直跳。

回到大厅中，他的焦虑并没有减轻分毫，因为气氛全变了。费德里科只离开了几分钟，可就在这期间，一定发生了什么可怕的事。“我被抓了现行。”他惊慌地想……

不，不是的。客人们看都不看他。

他缓慢地挤进人群。“请告诉我，发生了什么事？”他低声对法国大使说。

大使探身过来，眉毛高高扬起。“宫殿里遭贼了。”

“贼？”费德里科立即用一只手捂住自己的紧身上衣。

“是呀。”大使压低声音说，“拉斐尔的画被偷了。一张不剩，都不见了。”

第五章

令人满意的交易

教堂敲响了午夜的钟声，费德里科紧紧抓着胡子老人的草图，在长廊里踱来踱去。整个晚上，他坐在那里忍受着乏味的晚餐和更加乏味的歌剧，心里一直烦躁不安。要是有人发现他拿走了这幅画，怎么办？要是有人认为他和拉斐尔的画遭窃有关，怎么办？如果赫伯特不会再来，费德里科再也吃不到巧克力了，又该怎么办？

因此，当赫伯特终于从壁橱里出来时，费德里科既不觉得宽慰，也没有很高兴，只是恼怒不已。“给你。”他厉声说，“是米开朗琪罗画的。”

“哇，真漂亮！”赫伯特接过画捧在怀里，像捧着一件珍贵的珠宝，“老天。”他蹲在费德里科的提灯旁，端详着老人皱在一起的浓眉和若有所思的神情。“看，上面还有签名。谢谢你。”他微笑着看着费德里科，“是你偷出来的？”

费德里科双眉紧蹙。“不是！”在吃晚饭和听歌剧的几个小时里，他把这件事颠来倒去想了很久，“我是作为教皇陛下的客人来到罗马的。主人应该善待客人，送礼物给他们。那是……”他朝着画一扬下巴，“一份礼物，是我作为客人送给自己的礼物。现在我把它给你了。”

赫伯特沉思着点点头。“这很合乎逻辑。”他在壁橱旁边的一堆木板上坐下，慢慢地把画放进包里，“你没有偷，这很好。”

“我是没有。那你呢？”费德里科双臂抱怀，仍然很生气，“是你拿走了拉斐尔的画，对吗？你得还回去。”

“那可不成。”赫伯特叹了口气，他从包里一块块地取出巧克力，每一块都有半个拳头那么大，“我靠着那些画赚了大钱。”他示意费德里科坐到他身边。

好吧。费德里科应该继续骂他，但他必须先尝尝巧克力怎么样。他先停顿了一会儿，好叫赫伯特知道自己心里恼火，才坐在木板上，把提灯放在他和赫伯特之间。他故意挑了第二大的巧克力，咬了一口。花生尝起来真美味，比他记忆中的还好吃。

“那个来自曼图亚。”赫伯特嘴里塞满了巧克力，说道。

费德里科正吃着巧克力，听到这话眨了眨眼睛，顺着赫伯特手指的方向看过去。“那个壁橱来自曼图亚？”

赫伯特点点头。“是我从一家旧货店买来的，那家店卖的都是破烂货。我本来买的是一个旧木箱子，带回家后拆开一看，里面的木头非常漂亮。”赫伯特指了指门上的星星，“后来，在巴黎的一个图书馆，那是个私人图书馆，我看到了列奥纳多·达·芬奇的一本笔记，里面记录的是壁橱机器。”回忆到这里，他摇了摇头。

费德里科听着，甚至忘了吃巧克力。

“于是我按照他的笔记，把箱子又改造成了原本的壁橱。然后，一只小猫走了出来。”

“朱诺。”费德里科低声说。

赫伯特点点头。“达·芬奇在他的笔记里也提到了那只猫。”

“那只小猫也来过这里。它还和我一起玩呢。”费德里科皱起了眉头，“后来它回到了壁橱里，再出来时就长大了。”

“那时候我和它在新泽西。小猫很可爱，是吧？我养了它两年，后来……”

“两年？”费德里科简直不敢相信，“可它只离开了一分钟！”

“在你的时代，那是一分钟。但在我那里不是。”赫伯特摇摇头，“壁橱就是这样。但后来，我一时疏忽，没有关门。它就走了进去……回来时竟然戴着项圈！对了……”他掏出三个旧金币。

“啊。”费德里科几乎已经忘记了镶着珍珠的红项圈，“谢谢你。”

“但是，你得过几年才能花。那上面刻着日期呢，1518 年。”

“那不可能。”赫伯特总是说一些不合逻辑的话。尽管如此，费德里科还是忍不住在灯光下查看硬币。

突然，他觉得浑身冰冷。“这些钱，是从哪儿来的？”

“从一个古董商手里买的。”

“但它们不是古董。”费德里科摸着金币被无数手指磨平了的边缘，“古董都有几百年的历史。”

“是的。”赫伯特深吸了一口气，“这些硬币确实有几百年的历史了。我来自几百年后的 1928 年，我住的国家叫美国。”

“美国？”费德里科从没听说过这个国家，“这说不通啊。人是不可能穿梭时空的。”

“对你来说，不可能。对我来说，也不可能。但是，对伟大的发明家列奥纳多·达·芬奇呢？那就是可能的。”赫伯特朝壁橱点了点头，“这是他做出来的。这是一台供人盯梢用的机器。”

“盯梢？”费德里科不明白赫伯特在说什么。

“人走出壁橱，四下张望……”赫伯特假装来回看，“就这样探得了秘密。所以壁橱只在午夜起效。午夜是窥视者的活动时间。”

费德里科惊恐地意识到——“你的意思是密探。”他盯着壁橱，“这是给探子用的机器。你是一个密探！”

赫伯特咯咯地笑了。“不，我只是个普通人，来自新泽西。”

美国？新泽西？是什么地方？“但是……但是……怎么可能？”

“你很想弄清楚是怎么回事，感觉自己要被逼疯了？”赫伯特又拿了一块巧克力，“我和你的想法一样。达·芬奇本想制造一台把人从一个地方传送到另一个地方的机器，好在夜间秘密监视。但不知哪里出了岔子，这台机器居然把人从一个时空传送到了另一个时空。当你回去的时候，时间并没有流逝。”他打了个响指，“我每次都是在离开的瞬间就返回来了。朱诺也是。我在美国生活，做着我的工作，但当我做好了准备，我就来了这里，而且是在午夜时分。”

费德里科打了个寒战，但不是因为从窗户吹进来的微风。这确实能把人逼疯。

“顺便问一下，你觉得怎么样？”赫伯特拍了拍自己的背心，“喜欢吗？”

费德里科一直忙着品尝巧克力和谈论壁橱，都没注意到赫伯特今天穿的衣服。天哪，他竟然穿了一件紧身上衣！事实上，赫伯特的整套衣服看起来很眼熟，一点儿也不像他昨晚那套奇怪的衣服。尽管熟悉……却很不对劲。他的帽子起码过时十年了，紧身裤是条纹的（竟然在1511年穿条纹紧身裤！），而他的鞋子只适合日耳曼人穿。

“我很时髦吧？”

费德里科像母亲一样，巧妙地选择措辞。“啊，很有意思。”

“这么说，现在我们可以一起去宫殿，见见拉斐尔了！”

“天哪，不。”费德里科脱口而出。见拉斐尔？赫伯特甚至连腰带都没有。

赫伯特的神色顿时暗淡了下来。“但我研究了好几个月才弄到这身衣服。我是花钱请裁缝做的。求你了，费德里科。我一定要见拉斐尔。我还想去看看西斯廷教堂，我真的很想去。”

“哎呀，西斯廷教堂是锁着的。”费德里科盯着最后一块巧克力。他能吃一半吗？

“你想要多少巧克力？”赫伯特突然问道。

费德里科伸出的手停在半空中。“你说什么？”

“只要我穿着得体，你就带我去看艺术品。是吗？”赫伯特指着自己的衣服，“那么你说说该怎么解决这个问题？”

费德里科像雕塑家端详大理石那样端详着赫伯特。“嗯，首先是帽子。只有乞丐才戴那种帽子，在宫殿里不会有人戴，绅士自然也不会戴。紧身裤也不对。”他拉了拉赫伯特的斗篷，“这样穿不行。要是能把上衣遮住，就没那么糟了。可是鞋子……”他装模作样地紧皱眉头，心里却乐开了花，“我提醒你，赫伯特，这需要很多巧克力。”

第六章

探访疯狂画家

第二天，费德里科匆匆地学习了希腊语、法语和拉丁语，朱诺则趴在他的腿上，发出咕噜咕噜的声音。在它的帮助下，他在下午早些时候就完成了课业，因而有充足的时间去参观西斯廷教堂。要想对付米开朗琪罗，他非得使出浑身解数不可。要是能带上赫伯特的三个金币就好了，毕竟大雕塑家对金钱的热爱不亚于对艺术的热爱。即使不戴项圈，朱诺也很漂亮，它会陪着他。“拿出最佳的风度来。”他教导道。

“喵。”它摇着尾巴叫道。好像在说：一起参观宫殿多有趣啊！

走了没多久，他们就遇到了另一大乐事。拉斐尔大师正好经过公馆，和往常一样，很多朋友、学生和仰慕者环绕在他的身边。“费德里科爵士。”大画家喊道，同时鞠了一躬，“这位绅士跳舞像法国人，骑马像西班牙人。我想念你英俊的面孔。”

费德里科整了整自己的紧身上衣，骄傲得脸都红了。“你好，拉斐尔大师。”

大画家俯身抚摸朱诺。“多么美丽的生物啊，充满了爱。”他咯咯地笑了，“听说了吗？米开朗琪罗到教皇陛下的新书房看你的画像了。不过他是死也不会承认的。”

费德里科尽力装出惊讶的样子。“真的吗？你怎么知道？”

“当然是那股臭味了。”拉斐尔摇了摇头，“那个人是个天才，若是把他的天赋比作一家面包店，那我的天赋只能算一点点面包渣。”

“你的天资远不止于此。”费德里科向他保证，“我很遗憾你的草图不见了。”不管那些草图对赫伯特有多大帮助，他还是感到遗憾。

“不要紧。”拉斐尔笑了，“我再画就行了。走吧！”他向身边的众人宣布道，“不然我们就见不到大建筑师了。”他们一行人走远了。

“嗯，你确实迷住了一位艺术家。”费德里科抚摸着朱诺，大笑着说，“但愿米开朗琪罗也能这么随和。”一想到自己答应带赫伯特去看米开朗琪罗的杰作，他就笑了。只需要找到钥匙就行了，这能有多难呢？

他们沿着长廊往前走去。朱诺跑在前面，跳上一堆堆瓷砖，就像一条征服城堡的巨龙。费德里科心想，米开朗琪罗为什么这么讨厌拉斐尔？拉斐尔绝对是个完美的人，有思想，有礼貌，有智慧，在各方面都堪称绅士。费德里科想要成为他那样的人，二十八岁时也能有那么多的朋友。就连朱诺走起路来也多甩了几次尾巴，拉斐尔也对它施了“魔法”。它敏捷地爬上一架梯子，趁费德里科走过时猛击他的帽子。接着，它跑向上锁小门所在的壁龛。“喵。”它用爪子使劲拍打着门。

费德里科把它抱起来。“那是通往米开朗琪罗工作室的门。他不喜欢别人进去，包括你。”经过壁橱的时候，他紧紧地抱着朱诺，“我不希望你再回到新泽西那个地方。我希望你待在这里。”

“喵。”朱诺同意了，伸长了脖子让他搔搔痒，它就这么一直卧在他的怀里。他们一起走进了宫殿，那里正在施工，非常吵闹。

最后，他们终于来到了西斯廷教堂的大门前，一半的墙体都是门。费德里科一度担心门锁上了，但没有，只是大门很重。“要好好守规矩。”他提醒完朱诺才把它放下，自己去推门。他不止一次有幸看到米开朗琪罗工作时的样子，看着大画家仰着头站在那里，画笔在十几盆颜料之间来回穿梭。看着脚、衣物和脸在天花板的湿灰泥上出现，简直就像在见证奇迹。也许今天还能看到。

门慢慢地打开了，偌大的教堂映入眼帘，帆布悬在头顶上方，一束束阳光照亮了远处尚未完工的天花板。米开朗琪罗的助手们脚步匆匆，收集在空中盘旋飞舞的雪花。

朱诺冲进教堂，高兴地击打着最近的雪花。费德里科大为震惊，连忙向前冲去。“朱诺！不要！”那根本不是从天花板上掉下来的雪花，而是纸片。他捏起一小片，发现是用铅笔画出来的胳膊肘。他又拿起另一片纸，上面有几行难以分辨的字。

“烧掉！”米开朗琪罗在上面喊道，“通通烧掉。”

“不要！”费德里科抓着碎片叫道。

“是谁？哪个进来了？是花孔雀吗？”

“不是的，大师。”一个助手喊道，“是费德里科爵士。”

费德里科冲到教堂的另一头，朝脚手架挥手。“你好！我到这里来，是给你看看我的猫。”他指了指在碎片间跳来跳去的朱诺。也许它也能吸引米开朗琪罗，至少可以让他平静下来。

米开朗琪罗从脚手架边缘向下望过来。“你有没有带人来？”

“没有，大师。我能上来吗？”别撕你的画了，他真想朝他这么喊。但没人敢命令米开朗琪罗。

“嗯，锁上门。”米开朗琪罗跺着脚回到阴影中。

费德里科认为这意味着同意，于是小心翼翼地爬了上去。脚手架离教堂地面有四十英尺高，他可不想掉下去。

“你有什么事？”当费德里科爬到顶端的时候，米开朗琪罗厉声道。

费德里科慢慢地爬上了脚手架，从边缘挪开，四十英尺确实很高。“你在干什么？”

米开朗琪罗把一幅画撕成了碎片。“我不希望它们被偷。王宫里有贼，你没听说吗？”

费德里科的心脏似乎停止了跳动。“那是我给自己的礼物……”他脱口而出。

“是你拿了花孔雀的草图？”

噢……米开朗琪罗并不知道费德里科和大胡子老人画像的事儿。他连忙改口道：“我的意思是，在草图被盗之前，我希望它们是一份礼物。也许还有另一种解释……”

“嗯。”米开朗琪罗把碎片丢了下去，朱诺在地面上扑来扑去，助手们把碎片收进了篮子里，“他在佛罗伦萨就偷过我的东西，在这里，他还会偷的。他就是想模仿我。”米开朗琪罗又抓起一把草图。

“你毁了自己的作品，就是为了不让拉斐尔看到？”费德里科无助地问。

“没错！”米开朗琪罗说得好像是个人就能看出这个事实。

费德里科强忍着才没有伸手去抓他的手臂。“大师，你可以给我。”

“为什么？”米开朗琪罗瞪着眼睛，脑袋仰着像只鸡，“拿去换银币？”

“当然不是！”费德里科要的是巧克力，才不是肮脏的金钱，“你的画很珍贵。”每一张赫伯特都会喜欢。

“谈不上珍贵，只是草稿而已。”米开朗琪罗伸手去拿另一幅画，“画家不喜欢把自己的涂鸦给别人看。画家只展示才华。”他指了指天花板，“看那儿。”

在费德里科的头顶上，两个小天使正在看一位老妇读书。费德里科曾见过大画家画老妇长袍上的褶皱，那块布料像夕阳一样闪闪发光。在米开朗琪罗的画笔下，她那张乖戾苍老的脸栩栩如生。“你确实才华横溢。”费德里科表示赞同，接下来该怎么说呢？“我想带一个人来看看。”

“谁？也是画家吗？我只认识我一个画家。”

“他是我的一个朋友。”说朋友的感觉真好，“我想等你不在时带他来看看，能不能借用你的钥匙……”

“不可能。”米开朗琪罗又撕碎了一把画稿，“教皇陛下雇我在天花板上作画，支付的报酬是三千个金币！”

“你说过很多次了。”费德里科叹了口气，“你比其他任何画家赚的都多……”

“这不算什么。”他咆哮道，“每个人都在索取，却没有人给予。你为什么来这里？”

“是的……但是……”算了，米开朗琪罗是不会帮他的，“再见，大师。”

“嗯。”米开朗琪罗把一小把碎片从脚手架上扔了下去。就连朱诺也厌倦了雪花，坐在那里舔自己的耳朵。

费德里科慢慢爬下梯子，吃力地从还在收集碎片的助手身边走过。他一无所获，不得不一路走回公馆。

朱诺翘着尾巴小跑过来。他伤心地把它抱起来。

“喵。”它发出呼噜声。好像在说：不要紧，你还有我。

“你说得对。”费德里科笑了，“我还有你。”他们一起穿过宏伟的宫殿，来到长廊，他的脚步声在那长而空旷的空间里回荡。花园里的树在烈日下沉默地矗立着，就连雕像看起来也很孤独。但和朱诺在一起，他再也不会孤单了。

第七章

奇异的冒险

费德里科在黑暗中醒来，公馆里静得没有半点儿声响。他一直在睡觉，没有练习马术，也没用晚餐。看月亮，一定快到午夜了。“我没有画带给赫伯特。”他悲伤地对朱诺说，他怕吵醒西莱斯特，只能压低声音。这一天的失望如洪水般涌了回来，米开朗琪罗撕碎作品的可怕记忆再次闪现在他的脑海里。费德里科连一个碎片都没能救出来。

“喵。”朱诺跟着他小跑到门口。

他把它仰面放在床上，抚摸着它金色的皮毛。“你出去不安全，万一你进了壁橱呢？”

“喵。”它表示同意，趴在床单上。它悠闲地看着他提着提灯离开，恰在此时，圣灵教堂的钟声响起，标志着午夜的来临。

费德里科刚走到壁橱边上，赫伯特就像个酒鬼一样走了出来，脸上带着灿烂的笑容。“看哪，我多么英俊！”他大声说，他严格遵照了费德里科的指示，穿着棕色的包腿紧身裤，质地非常不错，靴子既不太尖也不太圆。一件黑色丝绸斗篷从肩上垂下来，他的开叉上衣露出了红色的衬里。就连他的包也是最新款的。

“确实是。”费德里科一边表示同意，一边拔下赫伯特帽子上的羽毛。

“你在干什么？那花了我一美元。”

“西西里味儿太重了。天哪，赫伯特，你长胡子了！”他的头发也变得花白了，眼角还布满了皱纹，“你去多久了？”

“我在新泽西待了十二年。”

“十二年？”费德里科惊慌地瞥了一眼壁橱。那机器怎么这么邪门？

“我知道，时间太长了。我非常想念你。但我有很多工作要做！我创作艺术，我贩卖艺术，我还买了一栋房子。我买房子了，费德里科爵士，用的是卖拉斐尔的画得来的钱！”

“这些纸值一整栋房子？”费德里科惊呆了。

“还是一栋大房子呢，里面有一个房间专门用来放那个壁橱。”赫伯特皱了皱眉，“只有我一个人住，那房子太大了……”他抖了抖身体，微微一笑，“但是你看……有件事需要我们两个去做。我拿给你看。”他从包里拿出一幅画。那是一幅很小的素描，画技高超，画中是一个留着黑色齐肩卷发的男孩，脸上满是悲伤。

费德里科倒抽了一口气。“这是拉斐尔画的。我敢肯定。”

“我也敢肯定。但是，画上没有他的签名，所以没人相信我。”

“你从哪儿弄来的？”费德里科目不转睛地盯着那幅画。男孩看起来是那么生动，但又那么不开心，连费德里科都想哭了。画纸一角写着“十一岁”几个字，和费德里科年纪相同，太奇怪了。

“就在那里，”赫伯特朝壁橱点了点头，“就在我从曼图亚买到的箱子里。画藏在箱子里。我需要拉斐尔在上面签名。”他小心翼翼地把画放回包里，“那我们去拉斐尔家吧。”

“现在？”费德里科摇了摇头，“哪怕是白天，没有守卫跟着，我都不能离开宫殿。午夜更是不可能。”

赫伯特沿着走廊走了起来。“那我就一个人去，我知道他家在哪儿，我研究过。”

费德里科抓起提灯，急忙追上他。“你要到城里去？你会没命的。”

赫伯特打开了通往宫殿的沉重大门。“我走楼梯，然后左转，会遇到一扇门……”

“城里太危险了！你不明白。”他跟在赫伯特后面，想说服他，“赫伯特，请停下来……”就在此时，有咚咚的脚步声朝他们移动过来，他急忙后退，把赫伯特推到阴影里，随即麻利地熄灭了提灯。

一个卫兵走了过来，是个瑞士卫兵，像山一样高大。他佩着剑，还戴着标准的钢盔，穿着华丽的天鹅绒卫兵制服。在头盔的帽檐下，他的蓝眼睛像冰一样闪着光。他向前走着，边走边扫视左右，但他似乎没有注意到楼梯深处的费德里科和赫伯特。

费德里科无声地吁出一口气。

“在那里。”赫伯特指了指卫兵过来的方向，“那儿有一扇门，出了门就能进入城市了。”

“请不要这样做，赫伯特。我肯定门上锁了。”

但只上了门闩，赫伯特很轻松就打开了。这是一扇给商人进出的小门，在这个时间没人使用。“我必须去，费德里科爵士。我就靠这个赚钱。”他在黑暗中眯着眼走到街上。

费德里科不知该怎么做。作为教皇的客人——不，他是人质，是囚犯——费德里科不能离开宫殿！午夜的城市到处都是杀人犯和小偷。要是他落到坏人手里，坏人就会用他勒索赎金，甚至更糟。再说了，离开宫殿就像逃跑。

然而，赫伯特连武器都没有，甚至没带提灯。赫伯特是他的朋友。如今他独自一人前往，很可能把命送掉。可费德里科了解情况，有灯，还有刀。那他有勇气吗？穿行罗马，需要很大的勇气。拉斐尔的家并不远。如果他们能快点儿走……

他低声祈祷着，跟在赫伯特后面走出了大门。

黑暗立即笼罩了四周。暗夜中充斥着各种声响，有咆哮声，有吼叫声，还有碰撞声。一个乞丐叫喊着讨要食物。费德里科紧挨着赫伯特，像佩德罗先生教他的那样松松地握着刀。只在最后一刻把手握紧，向敌人冲刺。他只盼着不会有用得上刀的时候。

赫伯特抓着自己的包，匆匆而行。“太臭了。”他捏着鼻子喘着气说。

费德里科嗅了嗅。有腐烂的食物，有马、牛和人的粪便，有河水和医馆，有动物尸体，有糟糕的葡萄酒。“这就是罗马。”

赫伯特停了下来，抬起头。蚊子嗡嗡飞着，一个孩子在呼哧呼哧地喘息……有脚步响起。

“不要停！”费德里科低声说，脚步声越来越近了。

赫伯特纹丝不动地听着。

这会儿，费德里科可以听到宝剑出鞘的声音。他使出浑身力气去扯赫伯特的斗篷。“赫伯特！”

赫伯特跪在泥泞的街道上。一个孩子躺在阴沟里，和费德里科差不多大，却非常瘦。“水……”她喘着粗气，向他们伸出手。

“赫伯特，我们得走了……”

赫伯特把小姑娘的头发捋到脑后。“你妈妈呢？”他怒视着费德里科，“她的妈妈在哪里？”

“那不重要！”费德里科太清楚死亡的征兆了，他曾亲眼看着妹妹利维亚断气，在六岁的小小年纪就失去了生命，“我们得走了……”

黑暗中传来一个低沉的声音：“阁下。”

费德里科惊慌失措，挥刀猛戳……

之前碰到的那个瑞士卫兵从阴影中走了出来。“你居然离开了宫殿？”他一把抓住费德里科的上衣，“你疯了吗？”

“请给我水。”女孩咳嗽着说。

“我没有逃跑，我只是……”费德里科含糊地说，“我们只是……拉斐尔……”

赫伯特抱起女孩，她的破衣烂衫弄脏了他的斗篷。“我们必须救她。”

一声尖叫划破黑暗。某个地方，有人在尖叫。

“别管她。”卫兵对赫伯特厉声说，举着剑对着阴影。

“我的邻居是医生，他能帮上忙。”赫伯特匆匆向宫殿走去。

又一声尖叫传来，这次近了很多。

“停下！”卫兵命令道，拖着费德里科往前走，“他不能这么做。”

“我知道！”不可以把乞丐带进教皇的宫殿，“赫伯特——”费德里科喊道。

赫伯特抱着小乞丐，快步向前跑去，袋子快速摆动着，他用手肘撞开大门，走了进去。

瑞士卫兵把费德里科推进宫殿，他的眼睛四处扫视。“他在干什么？他只会给我们带来疾病和死亡！”

“别担心。”费德里科试着喘口气，“他会去一个很安全的地方。”

“安全？鬼才信！”卫兵费劲地锁上门，“快去！”他咆哮道，“把他们找回来！”

费德里科飞快地穿过一条条过道，一直到了长廊才赶上赫伯特。赫伯特费了很大劲儿，也没有打开壁橱门，而那女孩的脑袋耷拉着，眼睛闭得死死的。

“你必须活下去，孩子！”赫伯特摇着她的身体，“费德里科，她必须活下去！”

费德里科走到赫伯特身边去开门。他低头看着女孩，她在月光下显得那么苍白，几缕头发贴在她的前额上。他想起利维亚发着高烧，躺在那里辗转反侧……突然，他发出一声哽咽。“照顾好她，赫伯特。”

“我会努力的。再见，我的朋友。”赫伯特走进壁橱，就这样消失了。

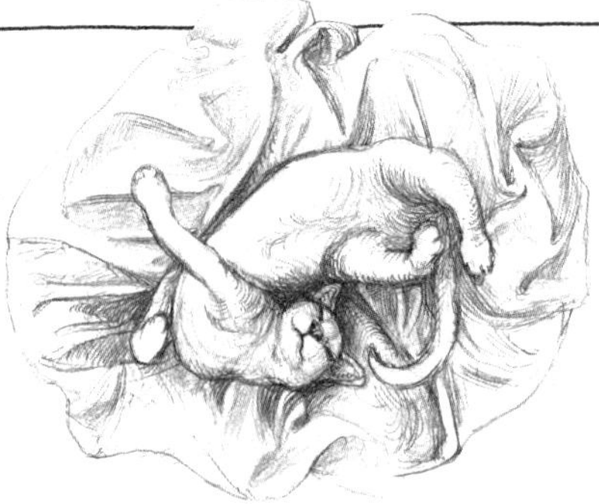

第八章

教皇陛下的贵客

那天晚上，费德里科梦见利维亚躺在病床上。他喘着大气，猛地惊醒过来，立刻为妹妹祈祷。他安慰自己，她在那里一定很快乐，身上香喷喷的，没有疾病伤害她。他也为那个小乞丐祈祷，那个孩子无疑已经进了天堂的大门。他很高兴赫伯特有钱，可以好好安葬她。他的母亲有时出钱为乞丐举行葬礼，现在赫伯特也在做着同样的事。

费德里科一整天都待在公馆，不想遇到那个愤怒的瑞士卫兵，到了日落时，他和西莱斯特开始挑选衣服，他才振作起精神。他今晚要和教皇玩双陆棋，必须精心打扮一番。他自然要穿教皇送他的带紫色衬里的黑色斗篷，配上黑色马裤和紧身裤。西莱斯特给费德里科系上金边腰带，在这期间，拉丁文老师一直在喋喋不休，可惜纯属徒劳，费德里科根本没听进去。在没人听见的情况下，费德里科都叫他“鼻涕精大师”。

“他读过我的新诗了吗？”鼻涕精大师擦着鼻子问，“请他读一读。”

朱诺懒洋洋地趴在床上打了个哈欠。在费德里科看来，它似乎是在轻蔑地哼了一声。

西莱斯特用刷子刷了一下费德里科的卷发。“还要观察教皇陛下的袖口是否有双褶，裁缝想知道。”

“那首诗有五十二节。”鼻涕精大师继续说，“代表一年中的星期数。我还着重突出了他生日的那一周。”

朱诺又打了个哈欠。

最后，这两只“蚊子”终于唠叨完了。费德里科吻了朱诺一下，便快步穿过长廊向宫殿走去，但在经过壁橱时，他别开了脸。他很快就会去查看那个诡异的装置。他决定了，待会儿与教皇玩双陆棋，他每盘都要取胜，教皇玩腻了，就会打发他走。这样他就有更多的时间和赫伯特在一起了。

他深深地鞠了一躬，走进了教皇的客厅。“教皇陛下，我非常期待……”

“费德里科爵士。”教皇懒洋洋地坐在双陆棋桌旁，甚至连头都没抬，“看看我邀请了谁来。”他的对面坐着一位同样白发苍苍、身材肥胖的男人，此人是多纳托·伯拉孟特，宫殿的建筑师。他象征性地向费德里科鞠了一躬。

费德里科也冷冷地点了点头。“晚上好，大师。”他早该料到伯拉孟特在这里。这位建筑师会抓住一切机会讨好教皇。

“给我们倒酒吧，我的孩子。”伯拉孟特命令道，一边把钥匙圈弄得叮当作响，一边注视着棋盘。他总是炫耀他的钥匙，好叫别人知道他可以出入教皇的宫殿。

费德里科僵住了。伯拉孟特只是一个农民的儿子，他怎么敢支使贡萨加家族的人！但费德里科及时让自己冷静了下来。伯拉孟特有西斯廷教堂的钥匙。假如费德里科能想法把建筑师的钥匙圈弄到手，他就能打开西斯廷教堂的门，让赫伯特进去。到时候，他就可以和朋友一起欣赏米开朗琪罗的杰作了。“当然，大师。事实上，请允许我服侍两位用餐。”

于是，费德里科侍奉了这两个人一整晚，按照指示切肉，用沉重的银盘子端上烤羊羔肉，舀肉豆蔻酱、藏红花酱和时下很受欢迎的欧芹酱。

“教皇陛下，”伯拉孟特说着打了个嗝，“你觉得……你的花园……怎么样？”

费德里科站在建筑师旁边，往盘子里装食物。“我很想看看你的钥匙圈。”他大胆地说。也许他能摘走西斯廷教堂的钥匙。

“这不是……小孩子……该看的东西。”伯拉孟特一边用叉子叉洋葱馅饼，一边拍着钥匙圈，“该死……我们吃了……很多。”

“关于钥匙的废话够多了。”教皇嘟囔着，擦了擦酱汁。

费德里科愁眉苦脸地撤走一个空盘子。

“里面还好吗？”酒水侍从小声说着，又抱了许多酒瓶过来，“我们可不想让教皇陛下睡着。”

啊哈！这是个好主意。“他很好。”费德里科向他保证，拿了一瓶酒和一盘杏仁蛋白软糖回到客厅，“教皇陛下？建筑大师？请允许我朗诵一首维吉尔①的诗，来为你们助兴。”

鼻涕精大师一定会对他的朗诵失望至极。不管维吉尔的作品多么伟大，不管埃涅阿斯②和敌人之间的战斗多么富有戏剧性，费德里科朗诵起来，都像母亲轻摇着婴儿那样单调乏味。“但在这一天过去之前，”他低声说，同时在他们的酒杯里斟满酒，“城市就将陷落……”

教皇的头垂到了胸前。

伯拉孟特抓了一把杏仁蛋白软糖。“你说的是……拉丁文吗？我不会说……拉丁文。”

① 古罗马诗人。——译者注

② 特洛伊战争中的英雄。——译者注

“但在这一天过去之前……”费德里科重复道，语速更慢了。

教皇开始打鼾。

伯拉孟特的脑袋垂到了桌子上。他脸朝下趴在欧芹酱里，手里还抓着一块糖。

费德里科悄无声息地走了过去。离午夜只有几分钟了！“这是我最后的遗言。”他用拉丁文喃喃地说，“我把我的热血洒在他们身上。”他伸手到伯拉孟特的斗篷下面，解下钥匙圈，“从我的骨灰中崛起吧，孩子们，去复仇吧。”摘下一把沉重的铁钥匙后，他把钥匙圈放回原处，“海上没有和平，陆地也没有。”

伯拉孟特抬起头来。“嗯？”他哼了一声。

费德里科拿着钥匙，吓得动也不敢动。“永远战斗吧，我的孩子们……”

“不要……拉丁文……”伯拉孟特倒在了桌子上。

费德里科抓起一盏提灯，踮着脚尖走出客厅。他要给赫伯特好好讲讲这件事！圣玛丽大教堂敲起了午夜的钟声。时间不多了。

他跑过宫殿里空荡荡的过道，躲闪着箱子、梯子和浴缸。他推开那扇沉重的门，沿着长廊冲到壁橱前。啊，他太激动了！他放下提灯，还跳了一段胜利的舞蹈，就像维吉尔笔下的士兵！他用钥匙刺戳假想中的敌人。他是多么聪明啊。可怜的伯拉孟特，脸上满是酱汁，嘴里还塞满了糖果。到了早上，一定有他受的。

今晚连壁橱都吓不到费德里科了。他大摇大摆地走过去，猛地把门打开。八面小镜子闪闪发光，柜子里却空着。

他一摇头，把门关上了。“这是我最后的遗言。我把我的热血洒在他们身上！”他念道，圣玛丽大教堂的钟声逐渐消失。啊，若是语气得当，拉丁文听起来是多么悦耳。“从我的骨灰中崛起吧，孩子们，去复仇吧。”他把帽子摘下来擦擦玻璃球，又得意扬扬地戴回卷发上。他跳上一堆木板，双臂张开着。“海上没有和平，陆地也没有。永远战斗吧，我的孩子们……”

“喵。”

费德里科转过身，盯着长廊。朱诺小跑着过来找他，尾巴高高竖着，像一面旗帜。“朱诺！你怎么跑出来了？”

它跳上木板，来到他身边。“喵。”显然这就是他能得到的所有解释。

“好吧，你就陪我等赫伯特吧。”

它蹭着他的腿。“喵。”它同意了。好像在说：我爱你。

“我也爱你。我刚想起另一节诗，你想听吗？开头应该是‘他说’。”

“喵。”朱诺跳下木板，奔向壁橱。所幸门是关着的。

“还是‘他想说’？”

它不停地抓挠壁橱门。

“别这样……”

朱诺用爪子一拉就把门拉开了。他没有把门插好。

“不！”费德里科从木板上跳了下来。

朱诺已经进了壁橱。

“不……”他猛地向前一冲，把门拉开。

它不见了。

“朱诺！”别慌，他对自己说。很快，圣灵教堂和其他所有的教堂都会响起钟声，赫伯特和朱诺也会像以前一样出现。费德里科必须关上门，这次一定关好，然后，他必须等待。

他踱来踱去，在异乎寻常的寂静中咬着指甲。窗外夜黑如墨，天空张开了嘴。壁橱太可怕了，他讨厌它。

咚——圣灵教堂的钟声响起。

费德里科放松地垂下肩膀。现在他的朋友终于要来了，他的朋友和他的猫，他的两位朋友，他们都会回来。

咚——钟声继续响起。

他的眼睛一直盯着壁橱门。八个玻璃球闪着光。冬青木镶嵌在黑檀木的旁边，发出淡淡的光芒。但没有门闩的咔嗒声，没有问候。

没有猫叫声，没有朱诺。

咚——

咚——

一个又一个教堂敲响了午夜的钟声，圣玛丽教堂，圣西尔韦斯特罗教堂，圣方济各教堂。费德里科等了又等，但他的朋友们似乎再也不会回来了。

第 二 部 分

·现在和过去·

第九章

布鲁克林的贝儿

贝儿趴在斯巴鲁汽车的窗边，盯着外面闪过的树木。“为什么有人住在这种地方？太无聊了。”

“一点儿也不无聊。看，那儿有一辆脚踏车。”妈妈一边开车，一边指着，“有很多人住在这里。我敢打赌他们中的一些人甚至住得很开心。”汽车从一个遛金毛猎犬的人身边驶过。“看到了吧？这里很好。”她捏了捏贝儿的膝盖，“对不起，蜂后①。”

贝儿本应该在意大利，像往常一样和外公外婆一起过暑假。但外公佩佩和外婆农娜在最后一刻赢得了游轮游，所以

① 贝儿全名Beatrice（贝儿特丽斯），昵称Bee，意为蜜蜂，蜂后是妈妈给贝儿起的昵称。——译者注

她现在只能和妈妈待在一起。

贝儿双臂抱怀，她身上穿着她最喜欢的T恤衫，这件衣服是黑色的，正面印着一个金色的皇冠。也许这里没人穿她那样的T恤衫和黑色打底裤。“他应该养一只流浪狗。”

“也许那只狗就是流浪狗。也许是他救了那只狗。”妈妈把车驶入一栋白色大房子的车道上，“谁知道呢？”

贝儿坐直身体。“等等，怎么回事？为什么在这里停车？”

妈妈解开了安全带。“还记得莫尔帮助过的那对夫妇吗？他们需要有人帮他们看家。所以，我们就来了。”

贝儿盯着房子。那里有草坪、花盆和绿色的百叶窗。前门廊上甚至还有一个秋千。“哇。”她在现实生活中从未见过门廊秋千。

“别忘了把东西搬进去。”妈妈一边打开前门，一边喊道。

“知道了。”贝儿叹了口气。妈妈和莫尔总是叫她搬东西。她扛着沉重的书包，费力地走上台阶。房子里有沙发、咖啡桌，墙是淡蓝色的。“这地方太偏僻了。”

“别忘了脱鞋。”妈妈叫道。

“一定要这么做吗？”贝儿扑通一声倒在光亮的木地板上，“很难脱的。”

“你可以穿别的鞋。”

“我不喜欢别的鞋。”贝儿一再央求，还拍了一段视频，莫尔才给她买了两双高帮运动鞋。穿哪一种组合，向来都是重大的决定。左脚靛蓝色和右脚紫色是她的最爱，也是莫尔的最爱。

“进来吧。我有鹰嘴豆泥和姜汁汽水。”

“姜汁汽水？”贝儿蹑手蹑脚地走进厨房，这里又大又亮，就跟杂志里的厨房一样，“但是莫尔说过，汽水就是糖，跟毒药差不多。”

“反正莫尔不在。”妈妈对她咧嘴一笑，手里拿着一条面包环视着厨房，“你知道，住在这里的人本来并不富裕。但她父亲以前是个医生，客厅以前就用作诊疗室。”

贝儿拿着一根胡萝卜蘸了下鹰嘴豆泥。“这里有鬼吗？”

“你想得美。有一天，女主人在清理壁橱时发现了一幅旧画，非常非常旧，是一幅草图。”妈妈是教美术史的。说起画来，她能滔滔不绝地聊上几个钟头。

贝儿拿着胡萝卜等妈妈往下说。“然后呢？”

“结果证明，那是一幅米开朗琪罗的作品。”

“等等，米开朗琪罗？你说米开朗琪罗？”

“是的。他们把画卖了。你猜卖了多少钱。”

“不知道。一百万美元？”

“六点五倍。”

“六点五倍？”贝儿扔掉了胡萝卜，“六百五十万美元？”

“莫尔说过这件事的，你不记得了吗？他们用卖画的钱装修了这栋房子，现在他们正在夏威夷度假呢。”

“等一下。”贝儿找回了胡萝卜，“一幅米开朗琪罗的画怎么会在新泽西一户人家的壁橱里？”

妈妈把花椰菜放入冰箱。“他们认为那是医生在二十世纪四十年代给人看病，别人用来当诊金的。第二次世界大战期间，有非常多的艺术品被人私运出了欧洲……”

“是被偷了吗？”为什么没人给贝儿讲这个故事？

“没有人能证明这一点。莫尔是他们请来的专家之一。”

贝儿环顾厨房。“也许别的地方还有。”

“想都别想。你要守规矩，明白吗？屋主是好人，才会让我们住在这里。”

“我向来守规矩。”

妈妈的手机响了。“喂。”她说着打开扬声器，“会开得怎么样？”

“纯属浪费时间。”莫尔一生气，就爱说意大利语，“我已经到火车站了。嘿，大黄蜂[1]，你喜欢那房子吗？”

“这里太好了，特别是水。”贝儿喝了一大口姜汁汽水，

① 大黄蜂是莫尔给贝儿起的昵称。——译者注

对着妈妈笑了笑，妈妈也对她笑了笑。

“要脱鞋进屋，好吗？也不可以爬树。”

“这里只有一棵树，而且没那么高。”

“你以前险些把我吓出心脏病来。”莫尔责备道。

她是意大利人，妈妈用口型说，朝贝儿耸了耸肩。“莫尔，虽然和你通话很有趣，但我三小时后还有一场演讲。”妈妈要去参加一个会议，所以她们才来新泽西，“我还在考虑要不要更换最后一张照片……”

贝儿飞快地跑出厨房。她已经听了几个月的演讲了。“我去外面待会儿。”

“嘿，大黄蜂。”莫尔叫道，“今晚我们做比萨怎么样？”

“很好！”贝儿在空中打了一拳，“你是最棒的，莫尔。”她一跃到门外，坐在秋千上系高帮运动鞋的鞋带。门廊秋千，很酷，对不对？她可以在这里待上一整天，一边喝姜汁汽水，一边看包里的每一本书。她咧嘴一笑，坐在秋千上摇晃着。她应该拍张照片，发给外公和外婆。而且，今晚还能做比萨吃！

她向后一靠，注视着这栋房子。为什么是绿色的百叶窗？如果她是这栋房子的主人，一定会把百叶窗漆成粉色或橙色，那是米开朗琪罗的颜色。这里的故事真是太不可思议了。想象一下，居然能在收拾壁橱时找到一幅价值数百万美元的画。这才是美术史，多有趣，妈妈老是演讲，老是说什么草图，多没意思。

她仔细看着大屋。她觉得橙色的百叶窗也不好，还是刷成紫色吧，就像她的高帮鞋。紫色是很漂亮，却没有人把房子漆成紫色……

就在此时，突然传来哗啦一声，她吓得笔直地站了起来。“啾啾，啾啾！”肯定是附近有只鸟遇到麻烦了，应该在贝儿的右边。

她循着那声音慢慢地移动过去。她离开门廊，经过一丛灌木，进入隔壁的院子，那儿有一丛草，草长得很高，乱糟糟地缠在一起……

原来是一只猫趴在灌木丛之间，嘴里叼着一只正不停扑腾的麻雀。“嘿。”贝儿一边用力把树枝拨开，一边叫道。那只猫瞪着她，跳开了。但是，贝儿也向前跃了过去，她的足球可不是白踢的，一把就揪住了猫尾巴。“把鸟放开！”鸟儿扇动翅膀飞走了。

猫转了个身，要用爪子挠她，但是，贝儿对猫很熟悉。外公在谷仓里养了好几只猫，各个比蛇还凶。她每年夏天都要和那些猫斗智斗勇，让它们离鸡远远的。她死死抓住眼前这只猫。“你甚至都不该来外面溜达。你知道每年有多少只鸟被家猫杀死吗？三十亿只。”贝儿曾就此问题做过一份报告。猫主人从不为鸟着想。

猫怒视着她。它的皮毛像狮子一样是黄色的，它的眼睛也是黄色的，带着黑边，有点儿哥特风格，还很像古埃及人。这会儿，至少猫不再又抓又挠了。

贝儿循原路穿过院子，砰的一声，打开前门。那只猫趴在她怀里，发出低沉的吼声。

妈妈坐在客厅里操作笔记本电脑，手机贴在耳边。“我只是不确定视觉效果够不够震撼……”她对贝儿摆了摆手，“你在干什么？”她低声说，“那不是我们的猫。什么，莫尔？后面的我没听到。”

贝儿瞪着那只像麻袋一样挂在怀里的猫。“它差点儿把鸟咬死了。”

“把它带到外面去！这个怎么样？”妈妈边说边敲着笔记本电脑。

猫抬头盯着贝儿。“喵？”

“别想迷惑我。”贝儿跺着脚走出了门。她不能就这么算了，得要猫主人知道猫对环境有多危险。

她绷紧下巴，大步走向邻居的房子。

然而，来到跟前，她的勇气几乎消失了。隔壁的房子不像杂志图片，更像书里的插图，还是很惊悚的那种书。草比贝儿的小腿还高，百叶窗上的油漆所剩无几。“我这么做是为了拯救生命。”她一边按门铃，一边低声说道。

“喵。”猫咕噜咕噜叫着。

“都是你的错。”贝儿又按了一下门铃。

“来了。”一个柔和却颤抖的声音响起。锁咔嗒一声开了。“有什么事吗？”一位老妇人用一只瘦骨嶙峋的手扶着门说道。她的另一只手抓着一根手杖。

“很抱歉打扰你了。”贝儿说，“可是，家猫每年会杀死三十亿只鸟……”

老妇人盯着那只猫。“朱诺？”她低声说。

“是三十亿只。”贝儿重复道。也许她找错人家了？“猫杀鸟是为了好玩，不是为了填饱肚子……”

“真是你吗？”女人向猫伸出手，“这么多年了，他一直盼着你回来……”她抬头看着贝儿，尖叫起来，“是你！”她用意大利语喊道，一只手突然伸向贝儿。

贝儿猛地退开。猫从她怀里蹿了出去。

“你来这里做什么？”老妇人紧紧抓着贝儿的T恤衫，接着，她用英语说，“你是怎么出来的？”

第十章

巴泽小姐的朋友

贝儿紧紧依偎着妈妈。“太吓人了！”她好多年没这样哭过了。

妈妈揉了揉贝儿的背。“听起来确实可怕。”

“她一直说意大利语，又是喊又是叫的。喊完了，她就开始咳嗽，看她那样子，我满脑子想的都是外公外婆。”

“别担心，蜂后。他们都像公牛一样强壮。”

“我们现在就回布鲁克林吧。我去拿姜汁汽水，你去拿你的笔记本电脑……”

“老天。”

贝儿抬起头。她们坐在沙发上，咖啡桌上摆满了妈妈的东西。透过窗户，贝儿可以看到那个老太太正沿着房子前面的小路走过来。“快逃呀！”贝儿喊道。

“嘘。没事，没必要跑太快。”

门铃响了。

妈妈站起来，拍了拍贝儿。“我相信其中肯定有隐情。”

“没错，我们就不应该来这儿。”贝儿紧贴着客厅的墙壁，断断续续听到了她们的谈话。“非常抱歉，我不是有意的……”妈妈说没关系，她能理解，而且很乐意去。

门关上了。妈妈回到客厅。“你知道吗？她邀请我们去喝茶。”

贝儿扑通一声倒在沙发上。“你疯了吗？”

妈妈大笑起来。“显然你吓到她了。”

“是她吓到我了。说真的，太恐怖了……”

“你长得很像她小时候的一个朋友。那只猫看起来很像她父亲的宠物。准备好了吗？”

“等等，现在就去？”

“她已经在烧水了。我说我今晚有个演讲，但她很坚持。反正去几分钟就好。”

贝儿双臂交叉在胸前。“我不去。”

“随你便。但谁知道呢？你会发现巴泽小姐很有意思。”

“什么小姐？”真是个奇怪的名字。

“巴泽小姐。她父亲在世时是个很有名的艺术商人。”妈妈拿起钱包，“他们说，就是他把米开朗琪罗的画送给医生的。反正莫尔是这么告诉我的。”

“他们说？那他们为什么不直接去问问那个什么什么小姐？”

妈妈朝贝儿扬了扬一边的眉毛。“是巴泽小姐。她拒绝回答。”

就这样，贝儿来到了巴泽小姐家的客厅，坐在一张粗糙的长沙发上，那上面散发着樟脑丸和老旧的味道。墙上挂着很多画，签名都是赫伯特·巴泽。一张小桌子上放着一部老式电话，电话线是螺旋状的。

巴泽小姐递过来一个盘子，盘子在她手里直晃。“来块饼干吗？”她的声音是那么苍老，甚至都在颤抖。

“谢谢。”贝儿刚一碰，饼干就碎了，茶杯看起来像是用污渍黏在一起的，“那些画是你父亲画的吗？”

“是的。我的父亲热爱艺术。他喜欢创作和收藏，喜欢与人分享，尤其是意大利艺术。我们在那里住过很长时间。”

“我也是。”贝儿用意大利语说，以示自己说的是实话，“我每年夏天都住在那里。”

“真好。我父亲坚持让我一直学习意大利语。”巴泽小姐转向贝儿的妈妈。“你会说意大利语吗？”她用英语问道。

妈妈放下茶杯。“贝儿是幸运儿，她说得很流利，但我还在学习。”

贝儿仔细端详着那些画。它们有点儿可爱，就像贴在冰箱上的儿童画。她没看到任何价值数百万美元的东西。“你爸爸以前有过米开朗琪罗的画？”她尽量装得若无其事地说。

妈妈瞪了她一眼，但巴泽小姐只是笑了笑。“我父亲总在一些奇怪的地方发现艺术。关于他的许多故事，连我自己都不相信。”她啜了一口茶，凝视着窗外，“有时，他会建议买家暂时不要把买到的画卖掉。让我们先淡忘这个问题吧。”

“米开朗琪罗的那幅画真是他的吗？”贝儿知道自己很无礼，但她真的很想知道。

巴泽小姐凝视着贝儿，她的眼睛亮晶晶的。“小姐，我们认识的时间并不长，但我相信你能解开任何谜题。”她转向贝儿的母亲，“你是来访问大学的吗？”

妈妈警告地看了贝儿一眼。“事实上，我今晚要在一个会议上发言。”

贝儿盯着边桌上的照片：有一张是一个女孩和一个男人骑在马背上，背景似乎在西部；另一张是他们两个站在埃菲尔铁塔前；还有一张是他们在威尼斯的凤尾船上。

“那是我和我父亲。”巴泽小姐解释说，“他在我十岁时收养了我。他答应过我永远不会离开我，他做到了，到死都没有离开我。”她挥动着一只瘦骨嶙峋的手臂，指着一只小猫的素描，“这些都是朱诺。他一直盼着它能回来，为此还做了许多特殊的安排。”

贝儿扫了一眼照片。“你妈妈呢？”

“贝儿！”妈妈喝道。妈妈对什么都不赞成。

“恐怕我对我的母亲没有任何记忆，但我和父亲相依为命。他救过我的命。那时候我得了白喉，他立刻送我去看医生，就是你现在住的那所房子的主人。”她拉下衣领，“看见这道疤了吗？医生得挖个洞，我才能呼吸。我的喉咙就是这么肿的。”

“太可怕了。”贝儿决定再做科学报告就以白喉为主题。

“那个……请原谅。”巴泽小姐的声音低了下去，“我必须承认我邀请你们来是有原因的。”她费力地站起来，妈妈连忙起身搀扶她，“你人真好。”她走进餐厅，手杖嗒嗒作响。她来到壁炉前，壁炉架上方挂着一幅画，画的是一只孔雀，的确很像孔雀，下方的签名是赫伯特·巴泽。“麻烦你，”她朝妈妈点点头，“左边有个闩锁，请拉一下。”

妈妈摸到了闩锁，画立即从墙上弹开了。贝儿兴奋得喘不过气来。她喜欢暗格！那幅画的后面竟然还有一幅画，是一幅素描。

“恐怕我再也够不着了。你在这里真是太好了，我好多年没见过我的朋友了。”

妈妈跌跌撞撞地向后倒了几步。“贝儿，这是你。”

贝儿的下巴都惊掉了。出现在她面前的竟然是她自己的画像。画中的贝儿留着齐肩的卷发，那个女孩甚至也有开罐器留下的伤疤和一颗痣。“是我。”

巴泽小姐点点头。“现在你可以理解我为什么震惊了。”

“但是……”妈妈费力地说，“我从没见过这幅画。你见过吗？”

贝儿摇了摇头。不可能。画中的女孩看起来很伤心！

“这幅草图太棒了，看起来像十六世纪的作品。”妈妈说，“还有几个字，‘Undici anni’。什么意思？年龄？”

“是十一岁的意思。”贝儿说，妈妈的意大利语太差了，“嘿，和我一样大。”

“她的生日是上个月。”妈妈对巴泽小姐解释说。

“啊，生日快乐，贝儿特丽斯。”她用意大利语说出了贝儿的全名，“我一定要送你一件礼物。”

“没关系。”贝儿什么都不想要，也许除了这幅画，这幅画太酷了，“太美了。”倒不是说她想要这幅画，但是……“莫尔看了，一定会爱不释手的。”

巴泽小姐叹了口气。“你们一定听说过我邻居的事吧？

经过这么多年，他们才让他们的珍宝得到鉴定。他们多么幸运，米开朗琪罗竟然会抽时间在他的一张草图上签名。”她扫了一眼四周松垂的窗帘、破旧的地毯和天花板上剥落的油漆，“我为他们感到高兴。”

“等等，这是米开朗琪罗画的吗？他从不画小女孩的。”就连贝儿也知道这一点。

“当然不是。但我知道是谁画的。”巴泽小姐坐在椅子上，“只是人们一直有分歧。因为分歧太大，这画一直无法出手。”

妈妈目不转睛地看着那幅素描。“也许有人在网上看到过你的照片？我是说，这就是你，贝儿。巴泽小姐，你收藏这幅画多久了？”

“比电脑问世的时间都长。”巴泽小姐咯咯地笑了，“是我父亲在意大利发现的，那时候他还没收留我。”

妈妈看起来持怀疑态度。“那么你认为这是谁画的？”

“你是一个学者。”巴泽小姐笑了，“我肯定你在别处见过那位画家的作品。”

“也许。”贝儿说道。画风看起来确实眼熟。但她看过成千上万幅画，这绝不是吹牛。她长这么大，有一半时间是在博物馆里度过的。

“你肯定看过。”巴泽小姐看看贝儿，又看看妈妈，目光又回到了贝儿身上，“我猜你一定对他很熟悉。他就是伟大的文艺复兴大师拉斐尔。”

第十一章

一个征兆

贝儿和妈妈离开了巴泽小姐家。巴泽小姐说了，贝儿可以随时去她家里做客。妈妈比贝儿更烦恼。从她们走出来的那一刻起，妈妈就一直在沉思。这会儿，她坐在那里，一边抿着嘴唇，一边用笔记本电脑查阅。“说不通啊。”

“你再这样下去，最终会变得像赫特人贾巴[①]一样。”贝儿提醒她。

“就算那幅画是一个非常有才华的人画的，也得比任何人都了解你才行……”

“我有什么不好的？”

① 科幻电影《星球大战》中的怪物，嘴唇很厚。——译者注

“你知道我的意思。他们怎么知道要把画藏在那里呢？就连我们在四天前也不知道你会来这儿。”她摇了摇头，“该死的游轮游。”

“也许他们是从学校拿到了我的照片。嘿，也许我有个身份神秘的孪生妹妹！我是不是还有个神秘的孪生妹妹？你怎么从来不告诉我呢？妈妈？”

但妈妈已经在和莫尔通电话了。她悄悄走进了另一个房间，讲话声音很小。

她们为什么要背着她？那幅肖像和贝儿很像，只是碰巧藏在一栋神秘老屋里的暗格中，只是碰巧。这真是有史以来最酷的事了。巴泽小姐说她可以随时再去。这到底是什么意思？贝儿应该等多少分钟再去？她应该带点儿礼物去，也许该带些饼干。巴泽小姐确实需要更好的饼干。

妈妈回来了，手机在她的口袋里。“莫尔也觉得很怪。她很好奇巴泽小姐说哪种方言。意大利的每个地区都有自己的说话方式。你觉得她的声音怎么样？”

“我不知道。沮丧？嘿，我可以烤点儿饼干吗？我会收拾得非常干净的。我保证。”

妈妈仍然抿着嘴唇，站在窗前和贝儿一起盯着巴泽小姐家。“真希望今晚不用做演讲。”

“我会在莫尔来之前把整个厨房打扫干净的，包括锅子在内。”

“我实在搞不懂这是怎么回事。”妈妈的电话响了，“嘿，什么事？”

也许贝儿在1500年就有了一个神秘的仰慕者。也许这是个征兆，就像书里写的一样。

“你在开玩笑吧。”妈妈揉了揉额头，“好吧，告诉他们快点儿修好……是的。”她挂了电话，“莫尔的火车晚点了。所以你得跟我去，等她来接你。”

贝儿瘫倒在沙发上。“妈妈，不要！那里肯定只有我一个孩子。要不就是有个俄罗斯的孩子，每时每刻都在玩游戏。”

“也许我可以找个保姆。”

“保姆？”贝儿气坏了，“你一向都让我一个人待着的。”

“我有时的确让你一个人待着，但那是在我们的公寓里，很安全。”她指了指巴泽小姐家，“但是……”

“妈妈。”贝儿阻止了她，“还记得《当你到达我身边》那本书吗？书里的米兰达收到了来自未来的信息。”

妈妈做了个鬼脸。“所以那幅画是在告诉我们世界即将毁灭，我将赢得两万美元。”妈妈也喜欢《当你到达我身边》。

“还有‘纳尼亚传奇’《魔法师的外甥》里的灯柱，就是露茜在《狮子、女巫和魔衣橱》里找到的那个？”

“那幅画原来是通往纳尼亚王国的大门啊，我怎么就没想到呢？”

“那是……”但贝儿不能说这只是一个征兆，不然只会让妈妈更害怕，她从包里掏出那本破旧的《狮子、女巫和魔衣橱》，“看。我就坐在沙发上看书，等莫尔来。我甚至不烤饼干了。”

不知怎的，妈妈竟然同意了，贝儿简直不敢相信这是真的。不过在同意之前，妈妈又与莫尔通了一次话，确定贝儿只需要一个人待二十分钟，还确认贝儿会使用座机，因为贝儿没有手机，哪怕现在的情形恰恰说明她很需要一部手机……

最后，妈妈带着笔记本电脑、包和专门为演讲而买的靛蓝色围巾开车走了。围巾和外面的天空颜色一样，实际上是与天空最高处的颜色相同。天空的其余部分仍然笼罩在落日余晖中。

贝儿扑通一声倒在沙发上。即便在沙发上，贝儿也能看见巴泽小姐的房子——她家客厅里亮着灯，院子里有萤火虫飞来飞去。贝尔现在还有时间烤饼干。莫尔也会喜欢那幅画的。

她翻了翻《狮子、女巫和魔衣橱》。露茜的父母从来不找保姆，甚至很少陪露茜，所以露茜才有机会骑狮子。

贝儿又偷偷地看了一眼巴泽小姐家。等等，那是什么？院子里有东西……是一只猫，是那只长着黑眼圈的黄猫。

“你敢。”当猫偷偷穿过草丛时，贝儿小声说。

猫一跃而起，贝儿倒抽了一口气……

好在猫只是在抓萤火虫。

贝儿哼了一声。“这下你可惨了。”萤火虫吃起来非常苦。所以它们虽然很显眼，还是可以安然无恙。只要吃一口，就再也不想吃了。

猫厌烦了扑打萤火虫，便朝巴泽小姐家走去。它爬上厨房台阶，在阴影中显得很模糊，跟着，它突然消失了，就这样凭空不见了。

贝儿抓起电话，拨了号码。“接呀，快接呀。”她低声说。

“怎么了，蜂后？”听起来妈妈好像在一个满是人的屋子里，而事实的确如此。

“妈妈，听我说。还记得那只黄猫吗？它……好像……人间蒸发了。”

“请给我来杯水。”妈妈对一个人说，“贝儿，我正忙着呢。你别说胡话了。”

“好吧。抱歉。”贝儿很快拨通了莫尔的电话。

“你好，大黄蜂，你好吗？”贝儿和莫尔都喜欢大黄蜂这个叫法。

“我没事，但院子里有只猫就像人间蒸发了一样……”

“你不会又把猫带进屋来了吧？”

“没有。但真是太怪了。”她瞥了一眼巴泽小姐家。客厅里有一盏灯在闪烁，但仅此而已。

“等我到了，我们一起去看看是怎么回事，好吗？你要像小蜜蜂一样不要动，老老实实待着。我带了你最喜欢的马苏里拉奶酪。再见，宝贝。”

贝儿放下电话，又看了一眼。那只猫出现了，就坐在后门台阶上舔爪子。

贝儿眯起了双眼。它一定是从厨房门出来的……

猫返回屋内，不见了。

贝儿把脸贴在窗户上。暮色四合，又有杂草丛生的灌木丛挡着，什么都看不清，摇曳的路灯灯光也没有帮助。巴泽小姐是怎么说的来着？她父亲为一只猫做了很多特殊的安排。

就在这时，贝儿看到猫的脑袋探了出来。

贝儿大失所望，肩膀都垮了下去。厨房肯定有个猫洞。现在她看清楚了，那里有一个挡板。

猫穿过杂乱的草坪。巴泽小姐家柔和的黄色灯光闪烁了三下，接着又闪了两下，只是闪烁的时间长了一点儿。那之后，又是三次长时间的闪烁。

有古怪。

闪闪闪灭，闪——闪——闪——灭，闪闪闪……三次短闪，三次长闪，三次短闪……

“等等，怎么回事？”贝儿跳了起来，“这是 SOS 求救信号！”她哆哆嗦嗦地拨通了莫尔的电话，“莫尔，她在求救。”

“谁？这该死的火车，就算我推着走，都比现在快。”

“隔壁的老太太。她家的灯在闪烁 SOS 求救信号。”

莫尔的声音提高了。“哪里发求救信号？你安全吗？”

“是的，我很安全。”贝儿叹了口气，“是隔壁的女士，她家有一幅拉斐尔的画。”

“还不能确定是不是真迹，没有拉斐尔的签名。”

“现在说的是求救信号。”贝儿重复道，“我该怎么办？”

“你待在那儿，锁上门，不要和任何人说话。明白吗？我应该半小时后到。这该死的火车。老实待着不要动。再见。”

“再见。”贝儿对着电话皱起了眉头，半小时太久了。如果真出事了呢？如果巴泽小姐出事了呢？她不能老实待着不动。她必须行动起来。

第十二章

你会让一切好起来的

“巴泽小姐？”贝儿按响了门铃，听到回音响起，“巴泽小姐？”

“贝儿特丽斯？”一声微弱的叫声响起，“是你吗？”

贝儿把嘴贴到门上。“巴泽小姐，我是贝儿。”尽管巴泽小姐已经知道了，“一切都好吗？”

“你好，贝儿特丽斯。”巴泽小姐用颤抖苍老的声音喊道，“恐怕，我摔倒了。”

看到了吧？确实出事了。贝儿跑过来看，确实非常聪明。“巴泽小姐，我要进来了，可以吗？我要开门了。”

“喵。”

猫轻轻地穿过门廊走了过来，贝儿吓了一跳。“你这猫，走路都不出声。”她低声嘟囔着，“巴泽小姐，门锁上了。”

猫用爪子抓门。“喵。”

“锁上了，你这个笨蛋。”

巴泽小姐的声音透过木门缓缓传来。“恐怕我没法过去开门了。天哪……”

“喵。”猫甩着尾巴，大步走开了。

“非常感谢。”贝儿喊道，“你可以帮帮忙的，知道吗？”总有人叫贝儿帮帮忙……对了，她去追那只猫。“嘿，等一下。”

等她走到屋后，已经连猫的影子都看不见了，但那里有个猫洞。贝儿跪在台阶上。“巴泽小姐？”

“天哪，贝儿特丽斯，你在哪儿？”巴泽小姐的声音清晰多了。

“我在猫洞。”

“啊，太好了。”

“我来了。”猫洞其实挺大的，足够她把肩膀挤进去。要是贝儿先伸过一只胳膊，再扭动身体……

“你受伤了吗？”巴泽小姐听起来很担心。

“我没事。”贝儿嘟囔着。她扭着屁股，把膝盖也拉过猫洞……她进来了。

她站起来，掸了掸T恤衫和紧身裤上的土。厨房里有股鱼腥味，真恶心。在柜台上，脏杯子旁边放着一个金枪鱼三明治。贝儿讨厌金枪鱼的味道。

“天哪，如果我早知道猫洞这么方便进出……”

“别担心。”贝儿在客厅里四处张望，寻找巴泽小姐，“多小的地方我都能钻。我外公就是这么说的。”她走进前厅，“巴泽小姐！你没事吧？”

巴泽小姐躺在楼梯上，仍然握着拐杖。她抬头朝贝儿微笑。“贝儿特丽斯。多美的名字啊。我很高兴终于知道你叫什么了。”

除了“你还好吗”或“我看到你的求救信号了”，她绞尽脑汁想说点儿别的。

“你真聪明。”巴泽小姐费了好大的劲儿，伸出手杖去按电灯开关，“我刚好能够到。”她一皱眉，又向后躺下，“这么久了，我一直希望你能来。”

“我真的很抱歉。我应该马上猜到那是求救信号的。”

“可怜的贝儿特丽斯，我不是这个意思。天哪，你的鞋子颜色不一样。”

“我家里还有一双一样的。”不管说多少次，这个笑话永远不会过时。

“啊，不能笑，太疼了。要是我小时候也有这样的鞋子就好了。”

“你现在也可以有。”

“简直不可思议。”巴泽小姐笑眯眯地看着她，“拉斐尔画中的女孩。你终于来了……”

就在此时，突然响起砰的一声，把她们两个都吓了一跳，那是瓷器打碎的声音。巴泽小姐疼得紧蹙起眉头。

猫咪朱诺叼着金枪鱼三明治，小跑着进入客厅。“喵。”它呜咽一声，声音有些含糊，接着，它一脸厌恶地丢下了三明治。

“朱诺！”巴泽小姐叫道，“看，贝儿特丽斯。它就是朱诺。”

“你说它就是你爸爸的猫？”这么问真是太尴尬了。

然而，巴泽小姐似乎并不觉得尴尬。“他总是说它会回来的。过来，朱诺。”

猫嗅着三明治，没有理睬她们。

贝儿局促不安地扭动着，不知道该往哪里看。也许巴泽小姐撞到了头，或者她有点儿……老年人都有的毛病。佩佩外公总是把眼镜弄丢。“我……我想我应该给莫尔打个电话。”

“过来，朱诺。莫尔？是谁？”

“她是我的另一个妈妈。她叫我大黄蜂。”

“那很棒。野生的小蜜蜂！”

贝儿咧嘴一笑。“我刚学会走路的时候，她给我起了这个名字。我也不知道为什么。”

“你一定很有活力。”巴泽小姐笑了，她的头靠在楼梯上，“现在你和你的肖像画都在这里。”

贝儿朝餐厅瞥了一眼。显然画中人不是贝儿。但这事儿仍然很有趣，就像一个征兆……

猫最后轻蔑地嗅了嗅金枪鱼三明治，便走开了。

“不要走，朱诺。”巴泽小姐想动，却疼得直咧嘴，“老天，我是真的伤到了。贝儿特丽斯，亲爱的，能帮我叫辆救护车吗？”

贝儿挺直身体。“真要这么做？”她从未叫过救护车。

巴泽小姐朝起居室挥了挥手。“那里有电话。”

但这并不容易。贝儿从未使用过老式电话。“要怎么……”她盯着需要一圈又一圈转动的拨号圆盘。最后，她终于拨通了911，还回答了他们所有的问题，并把听筒放回底座上。“他们在来的路上了……嘿，我要挂断电话了。”

巴泽小姐仰面躺在那里，眼睛紧闭着。“我必须承认，贝儿特丽斯，我本来都彻底放弃了。”

“我很抱歉……我从来没用过这种电话……”

“过来，贝儿特丽斯。我必须告诉你一件事。”巴泽小姐费力地伸手去抓贝儿的手。她的皮肤很薄，青色的血管清晰可见。贝儿不得不坐在她旁边，才能听见她的话。“我父亲是在意大利的一个小城里发现你的画的……”

“嗯。”贝儿插嘴道，“画里的人其实不是我。”她这么说，只是为了澄清。

巴泽小姐笑了。“然而，画上并没有拉斐尔的签名。所以我父亲到罗马……不，他是回罗马……去找他要签名。”

“你是说伪造签名？”贝儿是从莫尔那里学会伪造这个词的。伪造就是造假。

“恰恰相反。可是他到了罗马，却发现了我。那之后，他再也没有回去过。他担心自己遇到意外，而我又无人照顾，但这让他非常难过。”她捏了捏贝儿的手，“你会解决的，是吗？”

“嗯，当然。我给你倒杯水好吗？”她希望救护车快点儿到。巴泽小姐的脑袋肯定出了问题。

“你要是见过他就好了。他是一个非常了不起的人。”巴泽小姐扭了扭身子，使劲往楼上看，“我有好几年没进过他的办公室了，我以前希望一辈子不进去，可今天我很想去看看。”

窗外亮起了红色和蓝色的灯光。

“对不起。”贝儿轻轻地把手抽出来，“我得去开门了。”

沉重的脚步声穿过门廊。“救护车到了。”一名男急救员喊道。

“贝儿特丽斯？”

“什么事，巴泽小姐？”贝儿停下，她的手放在门把手上。

“我知道你能做到。”

接下来，房子里挤满了急救人员，他们带来了轮床，说话声很大。他们大声地询问巴泽小姐吃过什么药，多大年龄，还检查她的体温和血压，将数据一一记录下来。只是他们的声音太大了，仿佛巴泽小姐是个聋子。

急救人员表现得非常专业，但贝儿能看到他们留意到了剥落的油漆、落满灰尘的镜子和污迹斑斑的地毯。这不是她的错，她很想这么说。变老又不是她的错。

“你是在上楼时摔倒的？”男急救员问，侧身瞥了一眼地板上的金枪鱼三明治。

“是的。我刚联系上了一个老朋友。”说这话时，巴泽小姐直视着贝儿。

“她有亲人吗？”女急救员问贝儿。这位急救员的头发向后梳成一个很紧的发髻，贝尔也曾梳过，却从未成功。

“嗯，我是隔壁邻居，今天才来。”要是我们早知道，一定会帮忙的！

“这个小姑娘只是在……帮忙。”巴泽小姐低声说。这会儿，他们把她抬到轮床上，绑好了安全带，她疼得倒吸了一口气。“她一定会……把问题解决……”

“我们送你去医院。”男急救员推着轮床说。

“再见，巴泽小姐。”贝儿尽量用愉快的语气说，巴泽小姐被人推走了。她躺在那里，看起来是那么弱小！就像她快要消失了。“你会没事的。”

“谢谢你能来，贝儿特丽斯。”巴泽小姐的声音几乎被淹没在一片骚乱声中，她疼得整张脸都起皱了。尽管如此，她还是笑了。“我知道，你会让一切好起来的。”

第十三章

独自留在巴泽小姐家

贝儿看着急救员把巴泽小姐推进救护车，车开走后，她跑回客厅给妈妈打电话。

她不应该打电话给妈妈，她很清楚这一点。妈妈正在发表一个重要的演讲。但贝儿觉得，对于刚刚发生的事，莫尔肯定不赞同。她一定会说，我不是告诉过你要老实待着吗？她还会说，你竟然钻猫洞进入了一所陌生的房子？所以贝儿拨了妈妈的号码。不过电话接入了语音信箱。“我是米里亚姆·布利斯。”里面的声音说，“请留言。”

“嗨，妈妈。但愿你的演讲很顺利，我这里一切都很好。我……”该不该说她爬进了巴泽小姐的厨房，还打电话叫了救护车？真不是一句两句话能讲清楚的，“只是想让你知道我很好，我很快就回家，我的意思是，家里很好。我现在就在家里。再见。”她赶紧挂断了电话，以免自己说漏了嘴。她为什么要提起家？

现在她必须给莫尔打电话了。她叹了口气，拿起电话……

结果，她一脚踩在了金枪鱼三明治上。

“真恶心！”金枪鱼肉挤了出来，粘在她的高帮鞋上，几乎碰到了鞋面，“恶心死了！”她怒视着客厅，可那只猫早就不知影踪了。遇到麻烦，猫总是逃跑。

贝儿捏着鼻子跳进厨房，把腿放到水槽里。她讨厌金枪鱼的味道。“这是我最喜欢的鞋，你这只笨猫。”她嘟囔着，擦着紫色的鞋面。水槽里的盘子上还粘着泡了水的面包屑，真讨厌。她跺着脚回到客厅。“笨猫。”她又骂道。

她的目光移向餐厅。那幅孔雀的画进入了她的视线。

她必须给莫尔打电话了。她应该回家，在那里给莫尔打电话。她马上就会回去。但她得再去看一眼那幅画。那是她的画，拉斐尔的画。五分钟就好。这是她应得的，谁叫金枪鱼肉弄脏了她的鞋。

她穿过大厅，为防万一，她十分留意脚下。她打开了餐厅里的灯，只见桌上有一堆写着“紧急”和“见信即拆”等字样的信封。房间的一端有一个棕色的折叠屏风。窗帘上落了很厚的灰。

贝儿尽可能快地把一把椅子拖到壁炉边，爬上去，摸索闩锁。孔雀画弹开…….

那幅画就在那里。真是一幅精致的画像，画中的女孩留着黑色卷发，脸上写满了悲伤。

贝儿探身过去仔细端详。她摸了摸自己脸上的伤疤。画中的女孩有着和她一样的长卷发，一只眼下也有颗痣，脖子上也有个小划痕……

等等，贝儿的脖子上有划痕吗?

她小心翼翼地爬下椅子，朝前门旁边的镜子走去。是的，确实有，那是爬树时划伤的——她甚至都没注意到——快愈合了，但还没完全好。

好像那幅画是在今天为她画的。

她在昏暗的灯光下凝视着自己。妈妈留的是直发，像是经常去做发型，但贝儿和莫尔都是卷发。就因为头发很像，大家都以为贝儿是莫尔的孩子。妈妈有时觉得这很有趣，有时则不。

贝儿大步走回饭厅，坐在椅子上。那女孩的头发跟我一模一样。“这是怎么回事呢？”她喃喃地说，“他是在哪儿找到你的？”

“喵。”

贝儿吓了一大跳，赶忙抓住壁炉架。

黄猫站在门口，摇着尾巴。

“你害得我差点儿送命！”

猫走到餐厅的另一头，躲在折叠屏风后面，屏风上画着玫瑰花和鸽子，但随着岁月的流逝都变成了棕色。

贝儿爬下椅子。“给我出去！”她重重地踏着步子去追那只猫，“等等，这是什么？”

屏风后面有一张床，又窄又小，枕头皱巴巴的，床单也皱巴巴的。巴泽小姐睡在这里？房子这么大，她却睡在这里？

哦，啊。巴泽小姐睡在餐厅。她上不了楼梯，所以才摔跤。她很久没上过楼了，今天一试，就摔倒了。

贝儿很难过，不该是这样的。巴泽小姐没有家人吗？没有人帮她吗？

“喵。”猫从过道里叫着。

“嘿！你，朱诺。”不过它不可能是朱诺，毕竟朱诺是巴泽小姐的父亲在很久很久以前养的猫，“你不应该在这里。”贝儿生气地说，“我们都不该在这里。”她的五分钟已经过去了。

“喵。”猫小跑上了楼梯。

“不，你不可以上去。这里不是你家。”楼梯上都是尘土，贝儿能看见猫爪印。头两级台阶上也有脚印，那是她自己的和巴泽小姐的脚印。第三级台阶上有一个手印和一片模糊的痕迹。

巴泽小姐就是在那儿摔倒的。贝儿盯着那里，只觉得皮肤刺痛。巴泽小姐可能很多年没上过楼梯了，却决定在今天上去……

“喵。”猫在楼梯平台上叫了一声。

为什么是今天？因为猫出现了？因为贝儿？还是因为那幅画？

“喵。”也许那只猫想告诉她什么，想带她去看什么东西。也许这是个征兆，只是也许而已。

贝儿停不下来。现在不行。

她跟着猫上了二楼，来到一间卧室，里面有一张深色的木床。“猫？”梳妆台上放着一块男人的手表和一支笔，就像博物馆里的展品一样。梳妆台上方挂着一幅画，署名是赫伯特·巴泽，画的是一张病床和一个看起来病得很重的小女孩。但医院的桌上摆着一束鲜花，小女孩的被子也是五颜六色的。

“是巴泽小姐。”贝儿喘着大气说。

“喵。”

啊，对了。那只猫。贝儿循着猫声穿过卧室，走进一间浴室，只见里面放着一个发黄的爪足浴缸。猫站在水槽的边缘，拍打着水龙头。“喵。”

“怎么了，你渴了？”贝儿费力地拧开了水龙头。

猫翘起头，不停地舔着水。“喵。”它咕哝着叫道。也许它是在表示感谢。

一支牙刷整齐地摆放在水槽上，旁边是一个生锈的红白相间的易拉罐，也像是博物馆里的展品。“牙粉。”贝儿大声念道，“多酷啊！人们过去用牙粉刷牙。”

猫快步跑开了。

贝儿关掉了水龙头。“嘿，等一下。”她才走出卧室，就见猫已经爬到三楼了。

贝儿停了下来。她真觉得自己不该来这里，但是……

“喵。”

“好吧。”她打开了楼梯上的灯，“但愿你知道自己在做什么。”

三楼真叫人毛骨悚然，其实那里应该是阁楼。一盏暗淡的枝形吊灯勉强照亮了倾斜的天花板。一面墙上都是嵌壁式书架，上面积了一层灰尘。边缘处有一扇低矮的门。

“朱诺？”贝儿不喜欢那扇黑乎乎的矮门，它看起来像个小笼子。

但是没有猫叫声，没有脚垫踏在地板上的声音。屋子里鸦雀无声。

贝儿小心翼翼地朝书架走去。一个书架上摆放的全是《艺术公报》，另一个书架上放的全是书，封面业已发黄，破烂不堪。

“看！”贝儿悄声说，不由自主地高兴起来，“是《神探南茜》。”她本人也很喜欢《神探南茜》。此时此刻，要是神探南茜在就好了。“嘿，猫咪，你在哪儿？”

神探南茜会怎么做？贝儿需要像侦探一样思考。

她趴在地上，注视着地上的尘土。那儿有一串爪印，从楼梯一直延伸到书架……到了书架处就消失了，好像猫凭空消失了。

贝儿一拍自己的前额。书柜上一定有暗门！神探南茜肯定马上就能想到这一点。事实上，贝儿可以看到书架底部的两本书之间有道缝，后面是个洞。猫叫的回声隐隐传来。

“太酷了。谢谢你，猫咪。”她在架子上戳了戳，摸索着找门锁。她把她认为是门把手所在地方的书抽出来，却一无所获。

这里有几百本书，有意大利诗歌，还有旅游指南。有《荆棘中的一朵牵牛花》《画家生活》……

《画家生活》，莫尔和妈妈应该喜欢这种书……巴泽小姐的父亲也应该喜欢。

贝儿轻轻地把书从书架上拿下来。

只听咔嚓一声，书柜向内转开。

第十四章

赫伯特的办公室

贝儿凝视着黑暗的空间，只见两只黄色的眼睛闪闪发光……

“喵。”是那只猫。

“真有意思。”贝儿说，以免有人认为她被吓到了。她在墙上摸索开关。肯定有开关，对吧？摸到了，呼——

灯光亮起，一个房间显露出来，里面的空间只够放一张书桌和一个大木箱。书桌、一部旧电话、墙上钉着的日历都落满了灰，结着蜘蛛网。贝儿勉强看清了上面的日期：1942年6月。“太不可思议了。”她低声说。

“喵。”猫表示同意，它蜷起身体，蹭着她的脚踝。

还有那个大箱子。箱子上有很多怪异的装饰，甚至还有一扇门。但是，贝儿打开门，却发现里面空无一物。

她转向书桌。书桌上方挂着一幅画，那是一幅古老的版画，画里的人穿着一件蓬松鼓起的外套，留着大胡子。桌子中央放着一本贝儿见过的最厚的书，满是灰尘的书签从书页之间伸出来。她用颤抖的手擦去灰尘。“太棒了，猫咪。太棒了。”书名是用花体字母写的，她尽量辨认，把书名念了出来，“白……不是，是百……”她的肩膀垮了下去，“是百科全书。”她还以为那是一本魔法书。

猫跳上书桌，留下了一串爪印。“喵。”

猫是对的，这本书也许也很有趣。贝儿费力地把书掀到一个书签所标记出的页面。这一页以蝠鲼开头，以毛利人结尾。而“曼图亚”的词条被圈了起来。

“喵。”

“我没听说过曼图亚。你呢？”她翻到另一个书签标记的页面，那里写的是米开朗琪罗，“嘿，这我知道。”每个人都知道米开朗琪罗。她翻开第三个标签：贡萨加。天知道这是什么。

“喵。”猫跳下了书桌。

“你说，”贝儿把书推开，“你能想象必须用这书来查找信息吗？多费时间。”互联网好太多了。

她凝视着钉在桌上的发黄的笔记卡，每一个图钉周围都有一圈锈迹。一个笔记卡上写着“时间不曾流逝”。另一个上面记着一个问题：“猫是如何移动的？”

贝儿笑了。“废话，当然是用腿了。”笔记卡上还有画，画的是箭头从墙壁和水的方向弹出，还有一个立方体……

“喵。”猫用爪子扒拉着箱子，想把门打开。

“我已经看过了。里面什么都没有。”贝儿打开了书桌的抽屉，是金属的，一拉就吱吱响，与这张古老的金属书桌很配套。里面装着很多颗包成小块的糖果。“嘿，看呀。写的是‘坚果巧克力’。”贝儿觉得自己像个考古学家。糖果考古学家，寻找古老的糖果！

她拿起一块晃了晃，从里面掉出来好几只死苍蝇。她急忙关上抽屉，在紧身裤上擦了擦手。“恶心。”

“喵。”猫仍在坚持。

“我告诉过你，里面什么都没有。”她打开箱门，“看见了吗？什么都没有。”

“喵。”猫表示赞同。

这会儿，贝儿想了想，感觉箱子有古怪。首先，箱子比她还高，看起来有点儿像古董，有很多符号和一个别致的黑色门闩。木箱门上嵌着几个玻璃球。

她又往里面看了看，后壁上有八面小镜子，门的背面嵌着一个更大的玻璃球，球里密封着水。“奇怪。”

“喵。”

贝儿转身去看笔记卡。那上面写着：镜子、水、箭头。等等，那不是箭头，而是光线。她跑回去检查箱子，光线确实穿过了玻璃球。“看看这个。”

猫伸了个懒腰，打了个大大的哈欠，嘴里咕噜直响。

贝儿皱着眉头看着箱子。这东西为什么在这里？这次她小心翼翼地打开了门。里面什么都没有，只有几面镜子和奇怪的水。

箱内没有用来挂衣架的横杆，甚至没有衣钩。

里面也没有装着一堆皮草大衣……

但是，贝儿还是知道这不是箱子，而是一个衣柜，还藏在一栋老房子的密室里。“纳尼亚！”她说着倒吸了一口凉气，“这是通往纳尼亚王国的衣柜。”她盯着它，脑子转个不停。她这辈子都梦想着能去纳尼亚王国。如果她能遇见阿斯兰和图姆纳斯先生呢？如果她看见露西了呢？

猫拍打着从书桌垂下来的螺旋电话线。“喵……嚏！”

“灰尘太多了。”贝儿指出，“难怪你打喷嚏。”电话上的灰太厚，拨号盘孔眼里的数字都模糊不清了。

电话……

天哪，贝儿还没给莫尔打电话呢！过了多久了？也许莫尔还在火车上。“请不要生气。”贝儿恳求道。她皱起脸，吹掉了电话上的灰尘。“七……一……八。”她拨着号。

猫走回箱子旁边，拍着门。“喵。”

贝儿停了下来，她的手指插在数字六的洞里。她从半开的书架瞥了一眼楼梯，又看了看箱子。“这是一个衣柜，一定是。”

“喵。”猫像是在说：当然了，你可以试试看。

贝儿挂上了电话。“你是对的。我至少应该试试。”她在T恤衫上擦了擦手。只要两秒，这就够了。可能不会有结果，但她还是得试一试。那之后，她就打电话给莫尔，告诉她事情的经过，她们还将一起烤饼干，用新鲜的马苏里拉奶酪做比萨。

她打开衣柜门，经她这么一碰，玻璃球里的水晃动了起来。八面镜子闪烁着微弱的光芒。“来不来？”她问猫。

猫蹲坐在地上。“喵。”

“随便你。”她深吸了一口气，走了进去，随手关上门。

她站在那里，等待着。

八个玻璃球发出淡淡的光泽，灰尘微粒在苍白的光线中飘浮，打着漩儿的水面发着微光，镜子也闪着光。

空气中弥漫着灰尘，干燥的老木头的味道扑鼻而来。

肯定会发生一些事，贝儿知道。

但她什么感觉也没有，没有任何动静。

透过木门，依稀传来了一声猫叫。

她深深地叹了口气，打开了门。真气人。

这会儿，猫坐在书桌上，打着哈欠，尾巴搭在爪子上。

“什么都没有。”她闷闷不乐地盯着猫，“好吧，再试一次。”贝儿把门关上，这次关得紧了一些，还牢牢地上了门闩。

什么都没有。

“没关系。”她叹了口气，伸手去拉门闩……

接着，她尖叫一声，坠入了黑暗中。

第十五章

一个非常粗鲁的小厮

圣灵教堂的午夜钟声响起，费德里科在长廊里踱来踱去，他的提灯将他焦虑的身影投射到壁橱门上。他的另一只手握着西斯廷教堂的钥匙。他有好多话要告诉赫伯特！听了费德里科偷钥匙的经过，赫伯特一定会大笑不止……

不，费德里科笑着纠正自己，不是偷，只是想办法弄到手而已。偷窃是邪恶的行径，他只是为了艺术而借来了钥匙。还有比这更好的理由吗？他自然会还回去。不过在那之前，他和赫伯特，还有朱诺，先要爬上西斯廷教堂的脚手架，一起欣赏米开朗琪罗的穹顶画。

钟声隆隆作响。响了多少下了？这不重要。他很快就会看到赫伯特抱着朱诺走出来。一想到朱诺，费德里科的笑容变得更灿烂了。也许他可以趁建筑大师伯拉孟特呼呼大睡时，从他的盘子偷拿些美味的食物给它。朱诺当然不该跑进壁橱，尤其是他明明叫它不要进去。但现在他明白该怎么做了。下次他一定要把它留在卧室里，那里才安全。

圣灵教堂最后的钟声渐渐消失，那声音轻柔得仿佛整个世界都走到了终点。费德里科小心翼翼地打开壁橱门……

里面空空如也。

焦虑从他的肚子里渗到喉咙里。赫伯特在哪里？

咚——圣鲁菲纳教堂的钟声响起。“终于。”费德里科小声说，擦了擦额头。充满回响的钟声一声接着一声，他静静地听着，那是脚步声吗？

他再也等不下去，猛地拉开了门。

一个男孩掉了出来，是个浑身脏兮兮的小厮。“噢！”他咆哮一声，滚进了瓦片堆里。

费德里科检查了壁橱，还是空的。“赫伯特？”他厉声喊道，同时把西斯廷教堂的钥匙塞进斗篷的暗兜。他必须把一切重要的东西都藏起来，不可以被小厮看到。

小厮坐在那里揉着小腿，嘟囔着一些费德里科听不懂的话。

“赫伯特呢？”费德里科重复道，“朱诺在哪里？”

“你会说意大利语？等等，你说朱诺？赫伯特？”小厮说话的口音很粗鄙，费德里科一点儿也不喜欢。他的衣服更糟：下身是一件旧的黑色紧身裤，短上衣不成形，上面有一个费德里科都认不出来的粗糙王冠标志，要知道，他认得几十个徽章呢。还有那双鞋子！竟然是两种颜色，却是用布做的，边缘脏兮兮的，圆鞋尖很难看，他从没见过那么丑的鞋带。最糟糕的是，小厮竟然没戴帽子。

“赫伯特。赫伯特·巴泽先生。”费德里科慢慢地说。

“你是说赫伯特·巴泽？赫伯特·巴泽来过这里？嗯。”小厮扭头凝视着壁橱。

“是的。他在哪里？”

但小厮只是目瞪口呆地望着长廊里精致的立柱、大理石地板和尚未完工的屋顶。“居然成功了。”他低声说。

“我说，他在哪儿？”

小厮一跃而起。“我在纳尼亚王国！”

“你在说什么？”费德里科厉声道，“这里是罗马，你这个傻瓜。现在是公元1511年。”赫伯特就很清楚这个细节。

“我来纳尼亚了！”男孩抓住了费德里科，“嘿，你是露茜吗？”

费德里科抽回自己的胳膊。“我是费德里科·贡萨加爵士，曼图亚的王位继承人。”

小厮呆呆地看着费德里科的紧身裤和齐肩长发。“等等，你不是女孩？”

太过分了。费德里科别无选择，只能扇他一巴掌。

“哎呀！”小斯叫了起来，好像从未挨过打似的，但他这么蠢，根本不可能不挨打，“你打我。”

“我是扇了你一巴掌。”费德里科纠正道，“你不守规矩，少不了还要挨我的巴掌。来……”

男孩向后跳开，胳膊肘啪的一声撞在了壁橱上。“哎哟，愚蠢的衣柜。”

费德里科浑身僵硬。“你刚才叫我什么？”

“我不是叫你。我是叫那个衣柜。”他指了指壁橱，“衣柜是用来放皮草大衣的，你知道吧？难道你没看过《狮子、女巫和魔衣橱》？”

“那是壁橱。”

“才不是。壁橱是镶嵌在墙里的。”小斯凭空比画了一堵墙，“但衣柜就和箱子差不多……”小斯又比画了一个箱子，“就是可以装东西的大箱子。有时可以穿过箱子去一些有趣的地方，比如纳尼亚王国，那里冰天雪地，但露茜救了他们，她的兄弟们也出了力……”

“告诉我赫伯特在哪儿。”费德里科叹了口气。

小斯的表情垮了下来。

费德里科让自己坚强起来。“我知道。这次他的头发肯定全白了。壁橱太邪门了，总让他变老……”

“赫伯特·巴泽……已经过世了。”

费德里科的心脏停止了跳动。“不，不会的。”

“可这是真的。而且，他是在五十年前去世的。我很抱歉。”

“不可能！他昨天才来过这里。他说他今晚会来见我……”费德里科努力不让自己的声音哽咽，“我刚才还看见朱诺……”

“你是说他的猫？”

“猫是我的！”费德里科不愿显得幼稚，“不是赫伯特的猫。它是我的猫。我的！”

小厮举起了手。“好吧，好吧。随便。”

“它刚才还在这儿。”费德里科戳了戳壁橱，“带它回来。”他抓住小厮，把他向前推，“这个壁橱很特别！是达·芬奇大师的作品。快去把它带回来，把他们两个都带回来……”

“嘿，放开我！”

“你去美国的新泽西！”他拖着小厮，一脚踢开了门……

“喵。”

朱诺站在壁橱里，尾巴卷成一个长长的草书体S形。“喵。”它向他们两个打招呼。

“朱诺！”费德里科把小斯推到一边，抓住了它，“你来了！所以赫伯特肯定也还活着。”他摇晃着，把脸埋在朱诺温暖的毛皮里，“他肯定还活着。他会和我说话，还会给我带巧克力！”朱诺同情地舔了舔他的脸颊，“他之前还来过的。”

“我很抱歉。”小斯看起来要哭了，“巧克力很棒。”

“现在我一个朋友都没有了。”费德里科喘着气说，“一个都没有了。”

小斯拍了拍费德里科的胳膊。“不，你有的。你有巴泽小姐。”

费德里科突然不再摇晃。“谁？”

“巴泽小姐呀，她是赫伯特的女儿。如果赫伯特对你那么重要，那她就和你姐姐差不多。”

“赫伯特没有孩子。”费德里科用冰冷的声音说。

小斯热心地点了点头。“他有。那时候她病得很重，他收养了她……”

费德里科扔下朱诺，朱诺怒气冲冲地大步走开。“他收养了她？那个小乞丐？”他跪倒在地，“他收养了她？”

“但现在她年纪很大了，还受了伤，她孤苦伶仃，真的很可怜。”

费德里科用手捂着脸。“他收养了她？”

小厮蹲在他身边。朱诺蹲坐在地上，背对他们两人，怒气冲冲地梳理着肩膀上的毛发。“至少你没有摔断骨头。你这儿的房子还不错……嗯，装修好了就好了。巴泽小姐只有一栋破烂的房子和赫伯特的那些画，还有一幅她甚至都卖不掉的画……”他呆住了。

“什么？”费德里科厉声说。

“你是不是……”小厮吸了一口气，“这里是罗马，对吧？古罗马，是不是？”

“是的，这里是罗马。”费德里科擦了擦眼泪，“但这里不算古老。现在是1511年。”

“你认不认识一个画家，他叫……拉斐尔？”

费德里科哼了一声。“我当然认识拉斐尔！怎么了？”

小厮瞧瞧长廊和衣柜，又看看费德里科精致的黑色斗篷。“没错了……我觉得拉斐尔应该画我。”

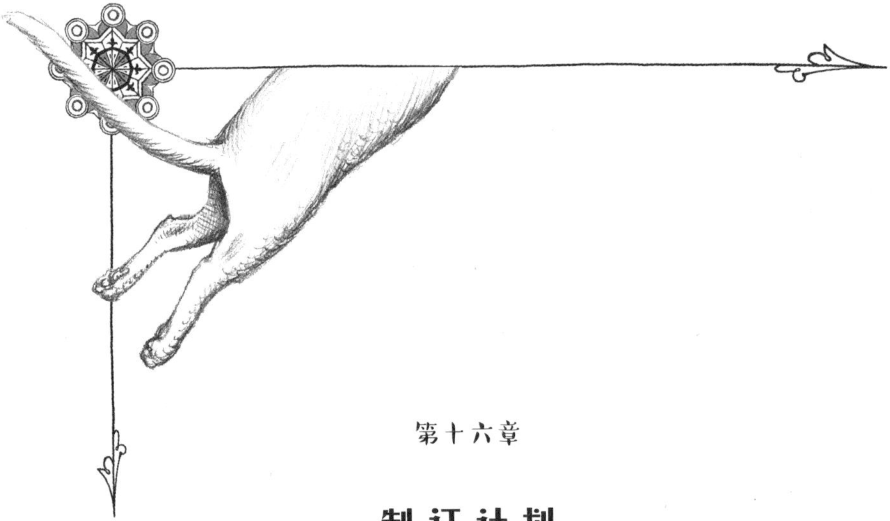

第十六章

制订计划

贝儿蜷缩在这个势利的男孩身边，竭力想把周围的一切都理解成五百年前的罗马。这里弥漫着各种强烈的气味，直冲她的鼻子，有炊烟，有马粪，还有香料和面包。微弱的祈祷声、吠叫声、教堂的钟声和撞击声飘进了她的耳朵里。还有星星！即使月光皎洁，依然有无数颗星星在未完工的屋顶上方闪耀。月光把梯子和木板变成了一列幽灵。衣柜里的玻璃球闪动着光泽，柜门上苍白的装饰……

现在贝儿全明白了。笔记卡上的字“时间不曾流逝”，巴泽小姐说她父亲曾返回罗马……难怪赫伯特·巴泽有一幅米开朗琪罗的画和一幅拉斐尔的画。他所要做的就是走进衣柜去拿。“你会让一切都好起来的。”巴泽小姐在被推进救护车时这么对贝儿说。那不是恭维，而是命令。画上的那个女孩终于出现了。现在画中的女孩必须把问题解决。于是她说："没错了……我觉得拉斐尔应该画我。"

费德里科爵士站起来，拭去脸上的泪水。"你？"他和贝儿一样大，举止却像个国王。

"我想是的。"

朱诺抬头看着她。"喵。"

朱诺——赫伯特的猫！巴泽小姐说的是对的。所有这些线索……"我想，这就是我来这儿的原因。"

费德里科举起提灯端详着她的脸。"我见过你。在一幅画中，赫伯特……"他的声音卡住了，"他有一幅画。他想让拉斐尔在上面签名……"

"可拉斐尔没签。"贝儿的脑子转得飞快，"反正是没有。那幅画？我很确定画的是今天的我。"她摸了摸脖子上的划痕，"画的是十一岁的我。画在巴泽小姐手里，但她还需要拉斐尔的签名。我们必须找到拉斐尔，让他画我……"

费德里科皱起了眉头。"不，不可以。你说画在巴泽小姐手里，那就表示拉斐尔已经画过你了。"

"是的，但画是以后到她手里的，目前还没有。"贝儿拍了一下手，"听我说，时空旅行就是这样的。必须让他画我，再签上名，这样巴泽小姐就可以把画卖了，她家就不会破破烂烂，她也可以过上她应该过的生活了。”贝儿想到这里，真想拥抱自己一下，“明白了吗？”

费德里科站直了身子，调整了一下提着提灯的姿势。“这对我来说无所谓。”

“可是一切都是环环相扣的！衣柜，画，十一岁，朱诺和我在同一时间出现……还有赫伯特的女儿！她只能睡在餐厅里，有一堆写着‘急件’字样的信封没拆开。我们必须帮她……”

“是你必须帮助她。我得回房间了。我的朋友死了，我要去哀悼他，走吧，朱诺。”他朝趴在月光下的朱诺打了个响指。

贝儿简直不敢相信，怎样才能说服他？“你知道的，那幅画值很多钱。”

费德里科向后一撩斗篷。“我已经拥有数不清的财富了。”

“那巧克力呢？”

费德里科停住了脚步。“花生夹心巧克力？”他转过身来，咬紧牙关，“不行。”

“你到底想怎么样？”贝儿跺着脚走过去，面对着他，“我怎么做才能让你帮我？”

“你能找回我的朋友吗？”他咆哮道，“朱诺？走了！”

朱诺打了个哈欠，伸了个懒腰，站起身来，用身体蹭着衣柜的边缘。

费德里科疯狂地朝它摆着手。“朱诺！离那个邪恶的装置远点儿！”

啊哈，贝儿心想，这个花里胡哨的小子竟然害怕衣柜。佩佩外公说过要找到敌人的弱点。“很好。”她说着朝衣柜门走去。

“很好。”费德里科也说了一句，“真是谢天谢地，你再也不用回来了。”

“我不会走的。”贝儿扭动门闩，“过来，小猫。”她打了个响指。

朱诺竖起了耳朵。“喵。”它朝贝儿走去。

费德里科愣住了。“你在干什么？”

“我找不回赫伯特，但我们能救他的女儿。”贝儿轻轻地打开柜门，“我告诉过你，这就是我来这儿的原因。”

“喵。”朱诺嗅了嗅空气。

“不！”费德里科尖叫起来，“不要那样做……”

只见影子一闪，朱诺不见了。

“你这个恶魔！”费德里科喊着，伸手去拿刀。

贝儿及时向后跃开，爬到一堆木材上，从那里又爬到了衣柜的顶部。“我会把朱诺带回来的，我发誓！”她喊道。哇，他看起来很生气，而且，他还有刀！

“你怎么带它回来？”他喝道，“它也会死的……”

“不，它不会。时间不曾流逝。它会没事的。我们只需要让拉斐尔画我，再让他签名。就是这么简单。”

费德里科瞪着她。“我不需要你，你知道。我自己也可以去找它。”

贝儿庄重地指了指她脚边的门。“那就去吧，欢迎你来我家做客。”

费德里科皱着眉头看着壁橱，但没有动。“我一点儿也不关心那个要饭的女孩。”

“巴泽小姐不再是小姑娘了……”可重要的不是巴泽小姐多大年纪，她仍然需要帮助，“赫伯特一定希望看到这个结果。你知道他会的。”

“赫伯特。”费德里科低声说，他慢慢地把刀插回腰带上，“赫伯特……”

贝儿蹑手蹑脚地爬到衣柜正面的边缘。“他没能回来。”

费德里科抬起头来。“什么？”

“是巴泽小姐告诉我的。她说赫伯特一直想回来，但他不能，所以他很难过。”

费德里科面露喜色。“他想再见到我？”

“是的。谁不想呢？”她小心翼翼地爬了下来。

费德里科盯着壁橱，好像在用意志力驱使赫伯特从壁橱里出来。“他喜欢那幅画。对他来说，拿到签名就像是一次探险。”

“是的。”贝儿喜欢“探险”这个词。

费德里科抚平紧身上衣。“你知道，是我帮他救了那个小乞丐。我为他们撑着门，我为他们祈祷。我也喜欢那幅画。”

“那太好了。”他这是同意了？

费德里科叹了口气。“我母亲常说，保护小国，是巧妙的外交手腕。”他伸出提灯。

“等等，什么？”她觉得应该礼貌点儿，“请问，你这是什么意思？”

“拿着这个。”他不耐烦地摇晃着提灯。

贝儿困惑地接了过来。“哇，这东西真重……”

费德里科把斗篷向肩膀后面一甩。“从今往后，你的任务就是帮我拿东西。”他头也不回地沿着长廊走去，“我们将并肩作战，直到把朱诺找回来，永远和我在一起。”

第　三　部　分

·计划失败·

第十七章

弗雷德

费德里科沿着漆黑的长廊大步走向公馆。小斯缓慢地跟在后面，提灯在他手里摇来晃去，好像他从未提过灯。费德里科当上了带头人，感觉好了很多。现在的情况简直糟糕透顶，赫伯特的死讯让他的心都碎了，但他不能细想。不管他对那个小乞丐有什么感觉，他都需要他的猫。他必须像战士一样专注于眼前的战斗。“今晚就住在我的公馆。”他宣布，他会把小斯藏在储藏室里，“明天我们去见拉斐尔。”如果一切顺利，黄昏时分，他就能带朱诺回家了。

“明天？那太久了……”小斯放松下来，“等等。时间不曾流逝。”他向窗外望去，“那我还有时间四处逛逛。”

“那是教皇陛下的私人花园。”费德里科解释说，“他收藏了许多雕塑。”月光照在大理石上，美不胜收。

“好多星星！”

费德里科叹了口气。“得往下看，才能看到雕塑。”

小厮小跑着穿过走廊，从对面的窗户探出身子。“这就是罗马，对吧？太黑了。”

“是的。现在是晚上。”难道每件事都要费德里科解释？月光照亮了一座座塔楼和一个个屋顶，照亮了远处的群山和缓缓流淌的河流。然而，大街小巷都笼罩在如墨的黑暗中。一想起和赫伯特的冒险，他就不寒而栗。

“没有灯光。这太疯狂了。”

“这很合乎情理。”费德里科纠正道，“蜡烛很危险，也很贵。”他朝小厮上衣上粗糙的皇冠点了点头，“你的主人会在半夜浪费蜡烛吗？”

“我的主人？”小厮低头凝视着自己衣服上的徽章，“这个王冠来自我的绰号。我叫蜂后，而我的全名叫贝儿特丽斯，这个笑话用英语讲才有意思。”

这就说得通了。这小厮确实像一只蜜蜂，招人讨厌。但是……

“你叫贝儿特丽斯？”他盯着小厮，“你是个女孩子？可那幅画……”

小厮皱起了眉头。“女孩子怎么了？”

“没什么。”费德里科撒了个谎，“但是，女孩子可没你这样的。她们远离阳光，留着长发，练习缝纫。”

“我偏不这样。”

天哪，他——啊不，应该是她——居然还瞪眼睛。

“她们出门都有女伴相陪，从不穿连裤袜。”

“这是裤子，不是袜子。”

他指着那女孩的脚。“她们穿的是便鞋，而不是……”

“这是高帮鞋，是运动鞋，用来打篮球和到处跑。”

“女孩不会‘到处跑’。”费德里科端详着那件上衣和肮脏的黑色打底裤，“你甚至都不是小厮，是吧？”

贝儿特丽斯怒视着他。“小厮是什么？”

“啊。”所以她才什么都不会，“小厮就是仆人，受过良好的训练，会服侍别人……算了，继续走吧。”费德里科一边走着，一边思索着新发现，那姑娘则呆呆地望着每一架梯子和每一个钉子，“你有多少嫁妆？”

女孩戳了戳一桶沙子。“你说什么？”

“嫁妆是女人结婚时带来的钱。我母亲带来了三千个金币和三箱银币，还有……”

“这种做法在我们那时候不时兴了。”她双手一拂，提灯随之晃来晃去，“那是中世纪才有的玩意儿。”

“这是顶顶重要的事儿！不然别人怎么知道你的家族有

多大的价值呢？再说了，要是你丈夫死了，你又该如何为生呢？”

女孩狂笑了一声。“喂，我还没结婚呢。所以没关系。”

她还真是胆大。每个女人都需要嫁妆，即使是农民。假装嫁妆不重要……“啊，贝儿特丽斯。”他叹了口气。

“叫我贝儿就好了。除了巴泽小姐，没人叫我贝儿特丽斯。那我就叫你……弗雷德吧。”

“家父是弗朗西斯科二世，意大利首屈一指的骑士，曼图亚的统治者，贡萨加家族的族长。”费德里科冷冷地说，“家母是菲拉拉公爵的女儿，也是一位著名的艺术品收藏家。我的姨妈是米兰公爵夫人。我的伯父是一位红衣主教，我的姑姑们都嫁给了王侯。”

“这通向哪里？”贝儿把提灯举到一个壁龛前，那儿有一扇小门。

“你没听懂我的意思。”费德里科恶狠狠地说，“我不是‘弗雷德’，我是……”

“那是什么神秘的入口吗？”贝儿打断了他。

费德里科哼了一声。“不是。门里是一个工作室，属于一位叫米开朗琪罗的雕塑家。”

“米开朗琪罗？”贝儿睁大眼睛盯着他。

“啊。”费德里科终于吸引了她的注意，“事实上，我和他很熟。”

“哇。”她喘着大气说，“我认识的人居然和米开朗琪罗是熟人。”

这女孩和赫伯特一样，对艺术充满敬畏。“你不会碰巧听说过一个叫列奥纳多·达·芬奇的画家吧？”他尽量装得若无其事地问，“也就是设计壁橱的那个天才？”

“我当然知道达·芬奇……等等，衣柜是他设计的？”她的眼睛睁得更大了，“那就说得通了。”

“是的，他在我家的城堡住过。”

“真的吗？他是个什么样的人？”她眨了眨眼睛，“等等，你家有一座城堡？”

“当然。”费德里科弹掉了袖口上的一点儿灰尘，“说实话，达·芬奇大师在我家住的时候我还没出生。但我母亲至今还会提到他喜欢穿一件粉色斗篷。”

贝儿摇了摇头。“太神奇了。你一定很有名。”

费德里科抚了抚自己的紧身上衣，受尊重的感觉真好。

他们继续往前走。贝儿提灯比刚才熟练了，影子也不再摇晃不定。她笑眯眯地吸了一口气，费德里科也闻到了，空气中弥漫着橙花的香气。快到公馆了。“你得跟我回我的房间。”他让步了。他不能把这个女孩锁在储藏室里。

“好吧。但你妈妈会不会生气？”

“我母亲住在几百英里之外。我父亲在指挥教皇陛下的军队，所以我来这里做人质。”

“你是人质？”贝儿举起提灯，差点儿打到他，“你一定很勇敢。”

很好。他不把她关在储藏室，真是明智之举。“嘘，我们到了。”他拿过提灯，小心翼翼地打开公馆门，悄悄地把她领进自己的卧室，边走边留意西莱斯特熟睡时的喘息声。“这是教皇陛下给我的卧室。”他低声说，同时把灯转向，让贝儿看他父亲的肖像、他收集的古董，以及他那个雕刻精美的旅行箱。

“哇。”贝儿用指尖拂过绣有金线独角兽的挂毯，“我喜欢这个。”

“我也是。”他有时会和独角兽说话，不过他绝不会承认。

贝儿抚摸着床上的流苏。“太软了。”

费德里科打开了旅行箱。“当然。布料是我自己选的。”在确认西斯廷教堂的钥匙好端端地放在暗兜后，他把斗篷收了进去。

“请问，我该睡在哪里？”

“自然是床。我不会让女孩睡地板。”他吹熄了提灯，爬到被窝里，“我们一定要在西莱斯特之前醒来。她是我的保育员。”在黑暗中悄声说话的感觉真好，他太想念这种感觉了，“小时候在曼图亚，我和妹妹们一起睡觉。西莱斯特说我们是一个豆荚里的三颗豆。利维亚总是握着我的手入睡。”

贝儿钻进被子里。“你想念她吗？”

“我一直很想她。”沉吟片刻，他才说道，“三年前，她去世了。”

贝儿吞了吞口水。“太可怕了。我很抱歉。”

赫伯特也不在了，他心想。但他不想把这话说出来，不然只会心碎。“你的意大利语讲得很棒。”他换了个话题，“只是有些不一样。”

“我每年夏天都住在意大利。我的外祖父母有一个农场，是我外曾祖父买下的。”

他更深地偎依在被窝里。“我的外曾祖父是那不勒斯的国王。”

贝儿哼了一声。“那很有趣。”

“但他是我母亲那边的亲戚。”费德里科打了个哈欠，“所以我没有继承权。”

贝儿坐了起来。“等等，你说真的？”

“别动。”他用力拉着被子，“你把被子弄乱了。”

“太神奇了。”她重新躺下，“嘿，你知道吗？太有意思了。”

费德里科对着黑暗微笑。

贝儿躺在枕头上扭了扭。“晚安，弗雷德。”

费德里科打了个大大的哈欠。“晚安，贝儿。”他真希望朱诺能蜷缩在他身边。但在他的猫回来前，这个奇怪的女孩也可以带给他慰藉。

第十八章

床边的风景

贝儿躺在宽大柔软的床上，翻来覆去就是无法入睡。弗雷德怎么就睡得着呢？这是世界上最令人兴奋的事了。她，贝儿特丽斯·罗塞蒂·布利斯，竟然通过达·芬奇制造的机器，穿越了时空！哇，哇，哇！

难怪巴泽小姐一看见贝儿，竟那么震惊。难怪她一看见那只猫，也是那么震惊。巴泽小姐一生都在等待朱诺和贝儿。然后，她们突然冒了出来！“你会让一切都好起来的。”巴泽小姐这么说。贝儿一定会做到的，绝不辱命。她会先去找拉斐尔画画、签名。然后，她就会回到新泽西，回到她的时代，因为“时间不曾流逝”，到时候，巴泽小姐将得到画，弗雷德将拥有朱诺，而贝儿甚至不必向妈妈和莫尔解释她做过什么！

不过，等外公和外婆坐完游轮回来，她会讲给外婆听。农娜外婆喜欢听故事，还很会保守秘密。

弗雷德抽了抽鼻子。这小子虽然专横，却还说得过去。他妹妹的事真让人伤心。贝儿在黑暗中瞪大眼睛，想看清楚那个穿着黑色盔甲的人长什么样。多恐怖的一幅画啊！怎么会有人在卧室里挂这种画，还能呼呼大睡呢？有人在隔壁房间打呼噜，整个罗马城就在外面，怎么还能有人睡得着呢？她甚至都不会合一下眼……

她的肋骨挨了一脚，立即惊醒过来。“下去！”一个声音命令道。

“怎么……”贝儿咕哝道。她张开眼，只见天光已经大亮。

“快到床下去！”贝儿又挨了一脚，一下子骨碌到地板上。所幸她摔在了地毯上。“快点儿！”那声音命令他，贝儿想也没想就滚到了床底下。没过多久，一个女人就匆匆走了进来，她不停地念叨着，连一口气也没喘。

“阁下，还在睡吗？看看吧，你都睡到日上三竿了，床上一团乱。我要和教皇陛下谈谈他定的作息时间，太不适合一个正在发育的孩子了。要穿波纹绸衣服吗？不过我不确定该不该配鸽子灰的紧身裤。也许橘黄色更合适。”她走来走去，穿着浅帮便鞋的脚来回移动。

“是的，西莱斯特。不，西莱斯特。”一个男孩答道。是弗雷德，费德里科·贡萨加爵士。贝儿高兴得直哆嗦。她趴在弗雷德的床下，而现在是五百年前的罗马中心！

女人停顿了一下。“阁下，你听到什么声音了吗？”她弯下腰，想往床下看。

贝儿连忙向后爬开，藏在哪儿好呢？这里除了灰尘什么也没有。

“不，西莱斯特！”弗雷德抱怨道，“是猫，是风，还有我父亲的画像！看呀，你看看他。他难道不吓人吗？”

一个女人裹着头巾的脑袋映入眼帘，但被弗雷德的腿挡住了。“我看不到……”

“那里什么也没有，我发誓。父亲的画像是不是很好？”

那女人嘟囔了一声，直起腰来。“那幅画像一直很好。”她抱怨道。

你这个笨蛋，贝儿责备自己，不要发出半点儿声音。她必须放松，保持安静，等着见拉斐尔。她是时间旅行者，一定要事事留意！哪怕此刻被困在床底下。弗雷德的卧室看起来真的很不错，至少她能看到的部分是这样。那幅肖像画挂在一张桌子上方，桌旁是一把吉他，不，那是一把诗琴。一座白色大理石雕像看起来像博物馆里的东西。她应该给莫尔拍张照片……

但等等，十六世纪没有照相机，也没有手机。

弗雷德往床下看，一头金发乱蓬蓬的。“你怎么样？”他低声问。

她对他竖起大拇指。“好极了！”

“阁下，你在干什么？”

弗雷德立即一跃而起。“我在找朱诺。”

“那个黄眼睛的恶魔？我们没在睡梦中吓死，可真是奇迹，都怪它。我敢肯定，我做噩梦，全是拜它所赐。现在……”

“但愿那只猫一切都好。”弗雷德跺了跺脚，“我很想见到它。”

贝儿皱起眉头看着他的脚。她当然记得他们的交易！等画儿画好了，弗雷德就可以永远拥有朱诺了。

“你坐好，我帮你系腰带。老天，你今天怎么老是动来动去的。看，主人在那里呢。我相信，为了他，你也该老老实实坐着。”

贝儿在床底下看着弗雷德坐在桌旁大声读书。一个总爱抽鼻子的老人站在他旁边，每当弗雷德读错了，他就用棍子抽打他。西莱斯特坐在他们旁边做针线活。

这是个什么样的地方呢？

贝儿抬起头，想看看。

“你走神儿了。”西莱斯特用顶针敲了一下弗雷德的头，“专心点儿。”

弗雷德点了点头，连眉头都没皱一下。他一直挨打，却一点儿也不生气。真是个可怜的孩子。

“阁下，你母亲来信了。”爱抽鼻子的老人宣布道。

弗雷德抬起头来。“信？为什么不早告诉我？”

“只有一部分是给你的。其中大部分都是写给我的。”他大声地清了清嗓子。

> 亲爱的儿子，我们很高兴看到你在拉丁文方面有所进步，希望你的老师不必用棍子。我们知道你为贡萨加家族争得了荣誉。你父亲公爵大人也知道了这件事。给你捎去三件新内衣和一条皮带。皮带是哥哥送来的礼物。

老人把信塞进背心里。“就是这些。”

“那不是很好吗？”西莱斯特头也不抬地说。

“我想自己看看……”弗雷德道。

“你没听见吗？”老师抽打了一下弗雷德的脑袋，“继续学习。请读第二段……”

弗雷德叹了口气，肩膀耷拉下来。“有两条街……”

“不是街，是路线，阁下。”砰，又是一棍子。

贝儿握紧拳头。弗雷德怎么不生气？

她试着在地板上换个舒服的姿势。远处传来乐声和鸟鸣声，但基本上都是施工的声音。锤击声，铿锵声，人们的喊叫声，“一，二，三，拉”。她真希望能看看他们在拉什么。那一定比拉丁文有趣。再说了，她真的很想尿尿。

没有人在书里写尿尿的事儿。

弗雷德吃力地做着功课。就连那个老人也没在听，反而一直在跟西莱斯特窃窃私语，谈论某人的女朋友，或者男朋友？贝儿实在听不清楚。弗雷德想偷偷瞥一眼床底下，却挨了西莱斯特一巴掌。“阁下，别再找那畜生了。太不可思议了。”她低声对那位老师说，“那种谣传，我决不会重复第二遍。”

弗雷德又偷看了一眼。贝儿指着自己的……膀胱，做了个鬼脸。这个手势表示我憋不住了！

弗雷德皱起眉头，别开了目光。他用笔轻敲着桌子。

“阁下，停下。”老人打了他一下，“笔尖会坏掉的。”

“是啊！就是这样。笔尖该换了，请马上去拿，我要用。”

“可是，阁下，距离有点儿远……”

“没有完美的笔，绅士怎么能写出完美的书法呢？我母亲经常这么说。”他几乎是把那个人推出了房间，“怎么对付西莱斯特呢？对了，打发她去取姜糖浆。我非常想喝。”

西莱斯特仍在做针线活。“姜糖浆是给你生病时吃的。”

弗雷德挺直了身子。“也许我现在就生病了。也许我得了一种毫无征兆的恶疾，马上就要死了。但愿不会如此。”

西莱斯特立即伸手去摸他的前额。“噢，我的阁下，别这样说！”

他连忙躲开。“还是小心为妙。请给我姜糖浆。我坚持。”他双臂抱怀。

贝儿看着这一幕，惊得目瞪口呆。如果她这么对莫尔说话，肯定会吃不了兜着走。对她这么说话会怎么样呀？很明显，这里情况不一样。仆人们对弗雷德发号施令，还打他，但他也把他们支使得团团转。太复杂了。

西莱斯特皱起了眉头。“姜糖浆在储藏室的高架子上。我得拿个凳子踩着，才够得到。”

弗雷德扬起一边眉毛。“我们一直认为你有能力应付这种事，但也许我们搞错了。”

“我很能干，阁下，谢谢你。”西莱斯特紧紧抿着嘴，大步走出了房间。

她一走出视线，弗雷德就跪在地上。“快，贝儿！”他指了指角落里的雕花木屏风，“去那里。快。”

贝儿不需要被告知第二遍。她扭动着身子从床下爬出，弗雷德拉她站了起来，把她推到屏风后面……

“找到了。”西莱斯特匆匆回到屋里，“罐子放得很低，害我白担心一场。”

贝儿愣住了。她现在该怎么办呢？屏风后面什么也没有，只有一个带盖的罐子。她需要的是厕所，不是罐子。

唉。

“你真聪明。谢谢你，西莱斯特。请放在我的桌子上。”

贝儿瞪着罐子。这也太恶心了吧。但也没尿裤子恶心。她捏着鼻子，掀开了盖子。里面是空的，还好还好。

“喂，西莱斯特，我们一起唱歌好吗？就唱《主祷文》吧。这是我母亲的最爱。”弗雷德大声吟唱起来。

贝儿叹了口气，拉下了紧身裤。时间很紧，毕竟弗雷德不能一直唱下去。她坐在夜壶上，那东西冷冰冰的，她一触到就不禁哆嗦了一下。书里可没提过这种事。

“你为什么不唱，西莱斯特？我母亲会很高兴的。看，我的拉丁文老师回来了。天哪，他真够麻利的。”

贝儿开始方便，尽可能不发出声音。

第十九章

新仆人

费德里科现在能做的，只有把目光从屏风移开。他真是太聪明了，成功地化解了贝儿的困境，但她不能一直待在那里。如果西莱斯特或鼻涕精大师看屏风后面了呢？如果贝儿弄出动静了呢？

“你没注意听讲。”鼻涕精大师责备道，还打了费德里科一下。

费德里科一推桌子站了起来。有鼻涕精大师在边上干扰，他根本无法正常思考！他母亲说过，只要拿出贵族的气派，就会受到尊重。“我现在要吃午饭了。请给我准备一顿丰盛的午餐。”

他们居然同意了，他不由得大吃一惊。西莱斯特和鼻涕精大师从不听他的话！但费德里科想到，这也许是因为他从来没有像现在这么强硬过。

“今天下午我要去拜访拉斐尔。”在男仆端着托盘上菜时，他补充道。他注意到，他宣布这个消息后，木屏风微微地颤抖了一下。

“但你还要上诗琴课和剑术课。”鼻涕精大师抽着鼻子说，“你不能把时间浪费在无关紧要的事情上。”

费德里科挺直了身子。“我的母亲是意大利最著名的收藏家，我要不要告诉她，你认为艺术微不足道？”他用鼻涕精大师的话来反驳他，感觉自己就像一名剑客，在挡开对方的攻击后刺出了致命的一剑。果然，那位拉丁文老师急忙收回了自己的话。费德里科假装受到了屈辱，把鼻涕精大师和西莱斯特赶出了房间。他重重地靠在门上，感觉比一整天都在骑马比武还要疲惫。偷偷摸摸的，可真累人啊。

“都走了吗？”最后一个男仆离开后，一个声音从屏风后面传来。

“是的！”费德里科宣布，“到我这里来吧。”桌上摆满了瓷器和闪闪发光的银器，看上去精致极了！有时，就算一整天都在比武，末了也能得到很好的安慰。他闻了闻，真是太香了，有藏红花、胡椒粉，还有肉豆蔻、鼠尾草……

“哇！”贝儿瞪大眼睛，看着满桌的盘子，她的目光停在一只看来十分诱人的烤禽上，“那是什么？”

费德里科咧开嘴笑了。“杏子烤山鹑。你没见过这道菜吗？是我的最爱之一。”他把肉切成薄片，摆在盘子里。他在切食物方面多有天赋啊。

“山鹑？”贝儿倒吸了一口气，“它们在梨树搭窝吗？”

“应该是吧。它们一般在地上筑巢，不过偶尔也上树。”

“那是什么？”她的眉头拧成了一个疙瘩。

“金酱孔雀。不过这份酱汁是用藏红花和蛋黄做的。金酱只在宴会上才用。还有椋鸟冻……”

“孔雀？椋鸟？”贝儿直往后退。

“是呀。这是香菜酱鸽……”

“鸽子？”贝儿似乎要崩溃了，“我不吃鸽子。”

“啊。”费德里科越挫越勇，继续说，“这里还有南瓜小方饺、火腿香瓜和糖烤布丁，他们知道我喜欢吃甜食。你看，”他举起一件银器，“这叫叉子。我可以教你怎么使用。”

“我想我会用叉子。”贝儿慢慢地坐到椅子上，“能给我点儿甜瓜吗？”

“但你必须和火腿一起吃，不然就会烂在你的胃里。”

贝儿停了下来。“会烂在我的胃里？”

“每个人都知道。我再推荐一道菜，你肯定喜欢。这是那不勒斯式通心面。”

贝儿转动叉子，舀起通心面。他不得不承认，她很会用叉子。“在我的家乡，我们说这是意大利面。不过一般都搭配番茄酱……”她嘴里塞满了食物，“唔，是肉桂糖。”

“糖和肉桂都很贵，也很好吃。”费德里科糊涂了，“你们国家有什么特别的食物吗？”

“我很抱歉。”值得赞扬的是，贝儿看上去非常懊悔，“我们那里的人都很喜欢肉桂，也很喜欢糖。很多人吃禽类，不过不吃鸽子……”她直抽凉气，“也不吃孔雀。”她戳了戳一个饺子，“但我喜欢这些。”

“我也是。”其实费德里科一看到南瓜就作呕，但他不愿意显得粗鲁无礼。

她撕下一块面包。“哇，这面包绝了……我是说，太好吃了，太棒了。”她一边嚼着，一边对他笑了笑，“我们还要多久才能见到拉斐尔？”

“我们？”费德里科正把火腿切成薄片，听了这话，他皱起了眉头，“但你不能去教皇陛下的宫殿。”

“为什么？就因为我是女孩？”她那种挑衅的语气又来了。

“当然不是。”她穿着这身衣服，不会有人当她是个女孩，她没戴帽子，穿着布鞋，看上去更像个乞丐，“因为这事儿会在宫殿里传得沸沸扬扬。”

“可是，拉斐尔见都没见过我，又怎么能画我呢？”

"啊。"费德里科只顾着惦记朱诺……"我知道。我会请他到这儿来。"

"哇。他会听你的吗？"

费德里科有些局促不安。"但愿吧。"他真该把计划考虑周详。

"今天能办好吗？"贝儿问，"必须让他画今天的我。"

"嘘。你想让公馆里的仆人听到吗？有了！"费德里科从椅子上一跃而起，开始翻找旅行箱，"你可以假扮成仆人。"他自己昨晚也把她错当成了小厮。别人也会。

"仆人？太刺激了！"她跪下来帮他。

"住手，你把皱褶弄乱了。"他递给她一个包裹。

"太酷了！"她开始脱下身上那件松垮的黑色上衣，"但你不能看着我换衣服。"

"但是……如你所愿吧。"费德里科转过身去，不耐烦地等着。贝儿穿上了亚麻衬衫，又套了一件灰色无袖短上衣，看上去很时髦。

"哎呀！"她转过身去，使劲拉着紧身裤，"怎么总是往下掉？"

"你从没自己穿过衣服吗？你忘系腰带了。"他在她腰上系了一条腰带，"这样就能连在一起了。"他把紧身裤打环套在腰带上，然后拉下无袖短上衣，"好啦。"

“谢谢。嘿，看这个。”她抬起一只脚，惊奇地看着缝在紧身裤末端的皮鞋底，“袜子里竟然有鞋。”

这个女孩真是大惊小怪，紧身裤里面当然有鞋，出身高贵的人都是这样穿的。费德里科在她的上衣外面系了一条深蓝色的腰带，还别了一把刀。“太棒了。当你鞠躬的时候……”

贝儿鞠了一躬。

费德里科皱起眉头。“还是别鞠躬了。非要鞠的话，也一定要像这样鞠躬。人们会同情你的。就说你是乌尔比诺公爵夫人派来的吧。”

“是谁？”

他整了整她的衣领。“一个没有脑子的亲戚。”

“谢谢。”她的脸色柔和了下来，“我是发自内心地感谢你。”

“这是我的荣幸。”他把一顶灰色的帽子戴在她头上，“好了。现在你打扮体面，可以去见拉斐尔了。你会非常喜欢他的。”

他拿起一个小银托盘，“端着这个。”他用两只手捧着，为她做示范。

“等等，什么？为什么？”

“当然是因为你是我的仆人。”他戴上镶着珍珠的蓝帽子，“你假装捧着贵重物品，走在我后面。”他照照镜子，穿上奶油色丝绸衬里、貂皮镶饰的天蓝色斗篷。他是不是很完美？当然。

贝儿捧起托盘，好像它是用玻璃或毒药做的。费德里科暗自叹了口气。他向后一甩斗篷，打开门，和贝儿一前一后走了出去。

第二十章

戒备森严

贝儿跟在弗雷德后面匆匆穿过公馆，努力不让自己滑倒。大理石地面光滑无比，她的紧身裤鞋踩上去直打滑。彩绘的丘比特在他们头顶的天花板上嬉戏玩闹，在白色蓬松的云朵间翩翩飞舞。橙花的香味从敞开的窗户飘进来。橙树的树叶闪动着光泽，结着像小太阳一样闪闪发光的果实。

弗雷德从两个擦地板的女人身边经过，贝儿捧着托盘跑在后面。“阁下。”她们喊道，连忙起身行屈膝礼。她们穿了好几层裙子，但没穿鞋。弗雷德径直走过，连招呼都没打。贝儿应该跟她们打招呼吗？她不确定。

他们遇到一个捧着一摞书的人。“阁下。”那人低头致意。弗雷德似乎又没注意到。他的表情十分奇怪。贝儿发现他好像戴着面具一样。就好像他内心戒备森严，甚至不能做出任何回应。“阁下。”那人重复道，“能否和你说句话？”

弗雷德继续往前走。贝儿低着头跟在他后面。

“阁下！阁下……”

弗雷德昂着头，大步走过拐角，贝儿跟在后面。

“阁下……”那人的声音消失了。

“哇。”贝儿的心怦怦直跳，就像刚完成了一次冲刺。

“嘘。”弗雷德低声说，脸上很平静。他用力推开一扇门，贝儿认出是昨晚的那条长廊。

弗雷德关上身后的门，他的肩膀立刻放松下来。面具也消失了。“你的表情太有意思了。”他咯咯地笑着，模仿她的五官怕得皱成一团。

“什么？我以前可没干过这种事。”

“别担心，你很好。反正在这里不会有人看到我们。”他走在她身边，指着窗外，“那是教皇陛下的花园。现在天光大亮，你可以好好看看了。”

“哇。莫尔肯定会喜欢。”细长的树木之间耸立着白色的雕像，湛蓝的天空映衬着深绿色的树木。工人们在一片山坡上挖沟。远处有很多窗户、拱门和塔楼。那是一座宫殿。

“我们继续走吧。请问莫尔是谁？你家的奶牛吗？”

贝儿笑了。“我的另一个妈妈。”

他们继续向前。弗雷德看起来好像再也不肯说话了。

他们经过了那扇壁龛小门。“里面真是米开朗琪罗的工作室？”为了打破沉默，贝儿问道。

弗雷德高兴了起来。“当然。教皇陛下常去，他总是指挥一通，不过米开朗琪罗不搭理他。有一次米开朗琪罗气坏了，就用一块木板砸了他的脑袋。”

“哇。我真想给莫尔打电话。”贝儿叹了口气，“妈妈不在身边，是什么感觉？我妈妈几乎时时刻刻都陪着我。一直都是这样。”

弗雷德绷起了脸。“我们有通信。你今天早上听到她的信了。”

“是的，但那不是‘我爱你，我很想你’那种信……不过我妈妈也很专横，”她赶紧补充道，“有一次我和莫尔去西斯廷教堂……”

弗雷德突然转过头。“你知道西斯廷教堂？”

“当然。当时有一群日本游客……”

“日本游客？”

“就是日本人。可能你没听说过日本这个国家，那儿离中国不远。当时太尴尬了。莫尔给他们讲解亚当和夏娃的故事。”

弗雷德自豪地笑了。“我亲眼看着米开朗琪罗大师为那个场景做最后的润色。”

“哇。”贝儿停了一会儿，“简直不可思议。”

弗雷德盯着走廊，两道眉毛皱在了一起。壁橱就在前面不远处。但有个人趴在壁橱后面！

弗雷德握住刀，冲了过去。“是谁！”

一个有着大肚腩的白发老人急忙站了起来。

弗雷德立刻把手从刀上拿开，变得神色冷峻。“下午好，伯拉孟特大师。”

伯拉孟特……贝儿听说过这个名字，对吧？也许莫尔研究过他，莫尔研究过很多人，贝儿不可能都记下来。

“阁下，请原谅。”白发老人得意地挥舞着一张纸，“我刚收到我亲爱的朋友列奥纳多·达·芬奇的一封信……”

贝儿倒吸了一口凉气。在这里，每个人都认识达·芬奇吗？

伯拉孟特被她打断，十分不悦。“你的仆人真粗鲁！”

贝儿满脸通红，急忙低下头，但弗雷德只是耸了耸肩。“他是乌尔比诺公爵夫人送来的。”

“啊。我明白了。”伯拉孟特把目光转向壁橱，“达·芬奇大师让我来检查一下。”他压低了声音，“他在找……一只猫。”

等等，什么？贝儿看了弗雷德一眼。

弗雷德镇定地笑了笑。“达·芬奇大师让你在壁橱里找一只猫？太奇怪了。”

伯拉孟特皱着眉头瞧着那封信，心不在焉地拨弄着沉重的钥匙圈。“其实是一只小猫。他以为有只小猫被困在里面了。”

“果然奇怪。”贝儿注意到弗雷德一直注视着那串钥匙。“你听说过这种事吗？”他问她。贝儿立即摇了摇头。

突然，他们身后有一扇门砰地关上了，关门声那么响亮，她、弗雷德和伯拉孟特都吓了一跳。“这个讨厌的建筑师在做什么？”一个男人咆哮道。

弗雷德先恢复了镇静。“啊，是米开朗琪罗大师。你好吗？”

贝儿盯着那个拿着好几把锤子、噔噔噔沿着长廊走过来的男人。他是米开朗琪罗？“我忘了拿这些。”他吼道。他的鼻子很瘪，衣服上溅满了颜料。由于长时间仰视西斯廷教堂的穹顶，他的脖子都伸不直了。她记得他是个怪人，好像从不洗手……

一股难闻的气味扑鼻而来。“呃。”她捏着鼻子，喘息了一下。

米开朗琪罗的头向后仰着，下巴对着伯拉孟特，面露冷笑。“我说，你在这里做什么？”

伯拉孟特僵住了。“我有权待在这里。这道长廊是我设计的。”

“当然是你。”米开朗琪罗怒斥道，“所以才会这么……烂。”

啊，没错，这也是米开朗琪罗的一大特点，他有点儿爱发牢骚。

伯拉孟特抖了抖斗篷。“这就是你对我最大的侮辱，米开朗琪罗大师？这里很‘烂’？你根本不懂什么叫才智，不配在罗马工作。”

米开朗琪罗握紧了锤子，他手臂上肌肉隆起。贝儿注意到衬衫紧紧绷在他的肩膀上。

“不过你很有天赋。”伯拉孟特结结巴巴地补充道，“我们都是这么认为的。”

“我是天才。”米开朗琪罗纠正道，但他放下了锤子，“至少我把工作做完了，不像列奥纳多·达·芬奇。”他朝弗雷德点点头，“你好，费德里科。当心这个讨厌鬼，还有他的花孔雀。”他跺着脚走开了，身上的臭气浓得几乎肉眼可见。

伯拉孟特对着米开朗琪罗的背影吐了吐舌头，便朝另一个方向走了，把钥匙弄得叮当作响。

“哇。”贝儿低声说，“这两个人都瞧对方不顺眼呢。”

弗雷德忍不住笑了。“你的观察力真好……我们接着走吗？”

“小猫是怎么回事？”贝儿举起盘子，尽量使自己看起来像个仆人，他们走到了长廊的尽头，“伯拉孟特不是在说朱诺吧？”

弗雷德点了点头。“它是……达·芬奇大师的猫。不过那是以前的事了，现在它是我的。”

“达·芬奇的猫？哇，它确实很特别。”

“确实如此。”弗雷德骄傲地笑了，他们来到门口，“我们去找那只花孔雀，说服他为你画一幅画。”

“对极了。”贝儿表示赞同，“但是，花孔雀是谁？”

弗雷德用力把门推开。“当然是拉斐尔。这是米开朗琪罗给他起的绰号。”

“等等，什么？”贝儿大吃一惊，手里的盘子都垂下去了。

弗雷德双眉紧蹙。“就快到教皇陛下的宫殿了，请尽量不要显得这么……不称职。”

“我知道，我知道。”贝儿急忙恢复刚才的姿势，“赫伯特把拉斐尔的画藏在了一幅孔雀画的后面。”她摇了摇头，跟着弗雷德走过大门。“这件事就像一块巨大的七巧板。”她说，其实是在自言自语。要是他们能找到所有碎片就好了。

第二十一章

交 易

费德里科带着贝儿进入了一片建筑工地，这里叮叮当当的声音响成了一片。泥水匠拖着大桶从一个咆哮的工头边上走过；一名颜料研磨工一边唱着小曲，一边把石头捣碎成五颜六色的粉末；还有的人两个一组，把木料抗在垫有垫子的宽肩膀上，迈着沉重的脚步穿过工场间。

他们一看见费德里科，就急忙脱下帽子致意。费德里科只是轻轻颔首，但看别人如此尊敬自己，他心里简直乐开了花。“请带我去见拉斐尔大师。”他对工头说，闪避着一桶桶黏稠恶臭的灰泥。

“我来过这里。”贝儿低声说，目瞪口呆地看着瑞士卫兵的画像。

“啊。”费德里科说，赫伯特也这么说过，“现在请保持安静。”

贝儿紧闭双唇，但当他们走进隔壁房间时，她呆呆地望着四周。“这里我也见过。”她说，但嘴巴并没有动。

“这里是教皇陛下的书房。”费德里科也用很轻的声音说，“那堵墙就是《雅典学院》。”他望着她的眼睛，但她似乎没有注意到他的肖像也在上面。他以后会指出来的。

房间里有很多画家，正忙着在每一个空白的表面上作画。有个人胆子很大，站在梯子顶端轻轻地在天花板上画画。拉斐尔拿着画笔站在那里，向一个优雅地伸着手臂的女人做手势。“你们看到了吗？”他问其他画家，“她那优美的嘴唇微微翘着。”

模特笑了，眼睛闪闪发光。

“别笑，亲爱的。你一笑，简直就是美艳绝伦。”拉斐尔用画笔蘸了蘸颜料，快速地画了三下，画出了她的唇形，“好了。”

费德里科高兴地吸了一口气。那个女人和她在墙上的画像都太美好了，他分不清哪个更完美。而拉斐尔只画了三笔，就将她的笑容画得栩栩如生。真是个天才！

“费德里科爵士，见到你真高兴。”拉斐尔擦擦手，走了过来，“你今天真是英俊极了。”他把一绺卷发塞进贝儿的帽子里，“好了，现在你的仆人堪称完美无瑕了。”

贝儿脸红了，急忙低下头来掩饰自己的笑容。

大画家佯装四处张望。“请告诉我，你的母狮在哪儿？”

“我的母狮？啊，你说的是我的猫，朱诺。它……在等我。”费德里科尖锐地看了贝儿一眼，“我希望很快能见到它。大师，我其实是来求你帮个忙的。”

拉斐尔双臂抱怀，向后靠去。“阁下，请吩咐。你的愿望就是我的命令。”

“是这样的。”费德里科指着贝儿，“你看，这是我新收下的小厮，是乌尔比诺公爵夫人派来的。公爵夫人很喜欢他。”

“我知道为什么。多么英俊的面孔啊。”拉斐尔看到贝儿的尴尬相，笑了出来。

“是的。”费德里科倒吸了一口气，“我们希望你能画他。”

拉斐尔扬了扬眉毛。“画他？”

“是的，拜托了。”贝儿知道自己鞠躬不好看，却还是鞠了一躬，“请画一幅素描，还要签上你的大名。”

费德里科用胳膊肘捅了捅贝儿，示意她安静！“我们很快就要用。”

拉斐尔笑了。“我很乐意效劳。但如你所见，我手下有十个画家要管理。除了教皇陛下，我还有十几个主顾，包括你母亲，还有她。”他向女模特点点头，女人捻着一缕头发，也对他笑了笑。“你能给我什么好处？”

“你有多少钱？”贝儿低声说。

“有多少都不够。”拉斐尔无意中听到，咯咯笑了起来，“你知道的，时间从来都不是免费的。”

啊。所以拉斐尔才雇得起十个助手和罗马最漂亮的模特儿。这位艺术家才华横溢，亲切友好，举止优雅……但是，他也是一个出色的商人。“我……认识很多人。”费德里科结结巴巴地说。他想不出还能提供什么好处。

“确实如此。”拉斐尔顿了顿，打量着他，“你认识魔王。”

费德里科看了看贝儿，两个人都一头雾水。“你是说撒旦？”

拉斐尔拍了拍手。“哈，太棒了。恐怕我指的是另一个魔王——米开朗琪罗。他只喜欢你，此外谁也不喜欢，还尤为厌恶我。让我看看他那宝贵的穹顶，你就能得到你要的画了。”

“可米开朗琪罗大师不许别人这样做。”费德里科想起米开朗琪罗发火的样子，不禁打了个寒战，“再说了，教堂是锁着的。不可能……”

他用一只手捂住嘴。不，不是不可能。他有一把西斯廷教堂的钥匙，就放在旅行箱箱底的暗兜里。“那就说定了。”

他说着伸出手来。

拉斐尔的眉毛一扬。“没想到阁下是这样一位行动派。”

贝儿在费德里科身边局促不安。“我们现在就需要那幅画……”

费德里科轻轻地踩了一下她的脚。“你什么时候可以去看？”他问拉斐尔，“最好能尽快。”

拉斐尔抚摸着下巴。“今晚吧。太阳落山以后，那时魔王就将离开，等待白日的到来。”

“今晚？”贝儿看起来要崩溃了，“还有几个小时呢。”

费德里科瞪了她一眼，但拉斐尔只是笑了笑。“如此痛苦！”他抬起她的下巴，仔细打量着她，“你的脸真美。”

“就今晚吧。”费德里科表示同意，“晚祷钟声过后，教堂门口见。”

“那就到时候见了。”拉斐尔向费德里科鞠了一躬，便拿着画笔，转身面冲模特儿。“我们再试一次。”他对手下的画家们说。

贝儿愁眉苦脸地把脚从费德里科的脚下抽出来。他也皱起眉头，把她推到一个旋转楼梯井里。“你能不能不说话？”终于只剩下他们两个时，他低声问道。

“但是，还要很久才到晚上。如果……”她喘着气说。盘子从她指间滑落，哗啦一声掉在了地上。

“什么？”费德里科叹了口气，与此同时，一只大手落在他的肩上，吓得他叫了一声。

贝儿目瞪口呆地盯着楼上，盘子掉在地上的声音仍在楼梯间回荡。“是……是……”

“阁下。”一个如大海般深沉的声音传来。

费德里科强迫自己转过身来。他的上方站着一名瑞士卫兵，像山一样高，眼睛是冰的颜色。

贝儿倒吸了一口凉气。“是瑞士卫兵。”

“当然。”费德里科不假思索地说。两天前的晚上，正是这名瑞士卫兵把他拖回宫殿的。费德里科本来希望再也不要见到他。

“你好吗，阁下？”

费德里科吞了吞口水。“我……很好。你……怎么样？”他能感觉到贝儿在他身边直哆嗦，他只盼着她不要乱说话。

“我也很好。”那个高大的卫兵俯视着他们，双目像刀子一样锐利，“这几天我一直在想那姑娘怎么样了，你的朋友怎么样了。我再也没有见过他们。”

“我的朋友？他已经不在这里了。”一阵悲伤袭来，费德里科用力吞了吞口水，“他带着那个女孩子，去了一个很远很远的地方。”

高大的卫兵沉思了一会儿。“这么说，王宫里不会有传染病了？”

“不，当然不会。”

“巴泽小姐已经好了。”贝儿插嘴说，同时怪模怪样地鞠了一躬，“谢谢你的关心。”

“听你这么说，我很高兴。”他弯腰拾起托盘，“这下我就放心了。”他说着，把托盘递给贝儿，便继续走下楼梯，每走一步都能引起一阵轻轻的颤动。

费德里科呼出一口气。

“哇。”贝儿也喘了一口气……

“阁下？”卫兵从他们下面用低沉的声音说。

费德里科吓了一跳。“怎么？”

“教皇陛下就快来了。你也许想知道这事。”咚咚的脚步声越来越轻……他走了。

“那家伙壮得像一艘油轮。”贝儿低声说。

“教皇陛下要来了？”费德里科登时脸色刷白。他不能见教皇，不能带贝儿见教皇！他必须把她藏起来，等到日落再叫她出来。他们两个都得藏起来。但是，藏在哪里好呢？

“怎么了？”贝儿问，“怎么了？”

“想到了！”费德里科大叫道，“去鸟舍！”

“鸟什么？”贝儿匆匆跟在他后面。

“就是养鸟的地方。很快你就能看到了。”

第二十二章

愉快的插曲

弗雷德一定是个天才，贝儿一边跟着他穿过宫殿，一边想。这里有那么多房间要记，还有没完没了的楼梯和没完没了的人。他向一些人鞠躬，向另外一些人点头致意，还有些人，他假装没看见。

他们走近一扇开着的门，弗雷德愣住了。里面有个男人在说话。即便只是听到那人的声音，贝儿也不由得浑身发抖。弗雷德对她摇了摇头，示意她不要动！

贝儿轻轻地点了点头，表示她明白。

弗雷德抬起下巴，挺直肩膀，双目直视前方，从门边走过。他走得没有太快，也没有太慢，就像他路过的是一颗炸弹，或是午餐时说话最刻薄的一桌人。他一走过大门，就挥手示意她过去。

贝儿蹑手蹑脚地走过门口，甚至都没朝房间里看一眼。她并不想知道里面有谁。

最后他们来到一道陡峭的小楼梯前，拾级而上，弗雷德的脸上露出了喜色。到了顶端，他几乎兴奋得手舞足蹈。“看哪！”他猛地把门打开。

一阵鸟鸣声轰然响起，贝儿大吃一惊，踉跄着后退了两步。“这是什么地方？”她喊道。

“你没听说过鸟舍吗？这里是鸟的宫殿。”

房间里满是精致的鸟笼，笼子里关着鸣禽，就连窗户上都覆盖着网格。一只鹦鹉落在一根柱子上，叫个不停。

弗雷德笑眯眯地环顾四周。“那些是金翅雀。”他指着十来只飞来飞去的鸟儿，在一片嘈杂声中说道，“那些是夜莺，还有希腊的长尾小鹦鹉。但这些才是我的最爱。”他打开一扇花饰小门，一只黄色的小鸟落在了他的手指上，“它们来自加那利群岛。歌声美妙动听，所以非常珍贵，价值相当于等重的黄金。”

“金丝雀竟然和等重的黄金一样珍贵？”贝儿尽量不带出怀疑的口气。

“没错。葡萄牙国王贩运金丝雀，还赚到了巨大的财富呢。这只是他送给教皇陛下的礼物。”他抚摸着那只小鸟，

“我最近都没顾得上来鸟舍。我一直忙着赫伯特的事……”他克制住了自己，“还有朱诺的事。”

贝儿的视线从一个鸟笼移到另一个鸟笼。“这里就像一个由音乐组成的花园。”

“这样形容，倒是十分贴切。”弗雷德笑了。他轻轻地把金丝雀放回了它自己的家。“这只鹦鹉是土耳其人送的礼物，显然会说土耳其语，不过我认为它说的话很不礼貌。”

“鹦鹉。”贝儿同情地点点头。她从笼子中间往外张望，想看看窗外。“那里真是罗马吗？差距也太大了。”这个城市仍然遍布红瓦屋顶，只是到处都矗立着塔楼！它们高大阴暗，在街道上若隐若现。“这些塔楼是干什么用的？”

“自然是贵族居住的地方。”弗雷德拿起一壶水倒满了金丝雀的水盘，他现在可以用正常的声音说话了，鸟儿们已经习惯他们两个的存在了，“要想安全，就得住在塔楼里。”

“我猜也是，楼梯太多了。看，那儿有一大片绿色。那是橄榄树吗？”

“有橄榄树、葡萄园、果园，还有麦田。你们国家的人吃什么？这倒提醒了我……”

贝儿继续端详这个城市，空气中弥漫着淡淡的烟雾。她能听到工人、驴子和诵经的声音。但没有轻便摩托车声，没有警笛声，没有汽车喇叭声，也没有汽车尾气的气味。

“请。”弗雷德拖出一把椅子，他的双眼闪动着光芒，“请允许我来服务。”

贝儿坐了下来。“谢谢。”她礼貌地说，“嘿，这是双陆棋。”她抚摸着桌子，“看呀，棋盘是嵌在里面的。”

“我和教皇陛下有时在这里下棋。”弗雷德一挥胳膊，打开了一个柜子，“瞧，这是他的秘密食品柜。我们可以像国王一样大吃大喝，不，是像教皇一样！”他大笑起来，撬开了一个罐子，“糖浆樱桃。要不要来一颗？”他用刀尖插了一颗樱桃递给她。

“谢谢你。”贝儿把樱桃放进嘴里，“哇，真像童话故事。”

“好吃吗？”弗雷德担心地问。

“好吃。”等等，她也有刀，她小心翼翼地戳住一颗樱桃，“嘿，我刺中了！”鸟儿们在笼子里飞来飞去，叽喳叫着，似乎在表示支持。

弗雷德打开另一个罐子。“糖杏仁。”鹦鹉嘎嘎地叫起来。他递给鹦鹉一颗杏仁。

贝儿又从罐子里挑出了樱桃。“看，一箭三雕。”

弗雷德哈哈大笑，举起一个用布盖着的盘子。“好像你从未用刀吃过东西似的……这是来自帕尔马市的帕玛森乳酪，是教皇陛下的最爱。试试看，就着樱桃一起吃。”

“我知道帕玛森乳酪是什么。”她切下一片，在上面放了一颗樱桃，“哇，太棒了。能同时品尝到咸味和甜味。”

“没错。”弗雷德切了薄薄一片，“给我讲讲，”他小心地问道，“赫伯特的女儿是个什么样的人？”

“巴泽小姐？她的客厅里挂着许多朱诺的画。”

弗雷德的脸上绽放出笑容。“真的吗？”

“赫伯特画的是朱诺小时候，画得很棒。不过有件事很奇怪。就在我来这里之前，她说了一些很疯狂的话。”

“疯狂？”

“很耐人寻味。她说我会让一切都好起来。”在贝儿身后，连金丝雀也静了下来，“她说这话的时候直勾勾地看着我。‘我知道，你会让一切好起来的。’这是她的原话。”

弗雷德咀嚼着嘴里的东西。“确实耐人寻味。毫无疑问，我们是在探险。”

“我知道。”她摸了摸自己的脖子，“离日落还有多久？”

弗雷德瞥了一眼太阳。“再过几个小时吧。怎么弄的？”他朝她的脖子点了点头，拿起另一个罐子。“来自西西里岛的橄榄，也很好吃。”

“爬树时划伤的。你知道，女孩子也能爬树。”她瞥了他一眼，“所以才需要拉斐尔尽快画我。因为画里有这道伤痕。”

“他会的，他会……顺便问一下，你喜欢下双陆棋吗？”

贝儿吃了一颗橄榄。“我经常和外公一起玩，他下得很棒。”

“我也是，这可不是吹牛。”他把食品罐子推到一边。

贝儿拂了拂手。“我也是，这也不是吹牛，所以准备好挨揍吧。”她瞪着他，“不过还有一件事，是关于朱诺的。”

弗雷德停了下来。“它怎么了？”

“你得答应我一件事。”

“答应你什么？”他的眼中寒光一闪，“你是在威胁我吗？”

贝儿摆摆手，指着正在唱歌的金丝雀，喃喃自语的鹦鹉，飞来飞去、速度快如闪电的燕子。“你必须保证，永远、永远、永远不让朱诺进入这个房间。”

“为什么？”弗雷德茫然地看了她一眼。

“因为它是一只猫！它会把所有鸟儿都吃掉……”

弗雷德脸上迷惘的表情融化成了微笑。

“嘿！”贝儿伸手要打他，“你很清楚我在说什么！”

“什么？”他咯咯笑着躲开了，“我做了什么？”

贝儿猛地站起来，绕着桌子追他。他们哈哈大笑，笑声和鸟叫声一样大。

第二十三章

令人不安的消息

日落时分，费德里科冲出宫殿，脑袋里充满了欢笑的回忆，肚子里塞满了美味的食物。贝儿留在鸟舍，和鹦鹉聊天，吃剩下的奶酪。他不得不承认，按照她下双陆棋的下法，她下得相当不错。但对于费德里科的下法，她就没有那么娴熟了。所以他们各有输赢，他认为这有趣极了。

费德里科没有从未完工的长廊返回公馆，他才不想冒险，碰到米开朗琪罗回工作室可就糟了。他在花园中狂奔，跃过一道道影子，燕子在松树上方翱翔，庆祝黄昏的到来。圣鲁菲纳教堂的钟声在远处响起。这是一个多么美好的下午啊。用不了多久，他就可以带拉斐尔和他的新朋友贝儿去参观西斯廷教堂了。

他匆匆穿过公馆的入口，朝自己的房间走去。从旅行箱里取出教堂的钥匙，只需要眨眼的工夫。他推开房门……

“你到哪里去了？”鼻涕精大师尖声叫道。

西莱斯特劈头就是一巴掌，打在费德里科脸上。“你拿了你母亲的银托盘？”

“你没去上剑术课。”佩德罗先生责备道，（老天，佩德罗先生怎么也来了？费德里科这下真是麻烦大了。）“那个新来的小厮是谁？我们听到了一些令人不安的消息。”

费德里科转向旅行箱。“我可以解释。”他解释不清，但这么说听起来很不错。

“你是我见过的最可耻的孩子。”西莱斯特又打了他一巴掌。

“这位年轻的阁下不值得信任。”鼻涕精大师插嘴道。

“你出去也不带个人保护怎么行？”佩德罗先生堵住了门。

拳头如雨点般落在费德里科身上，与此同时，他扑向了旅行箱。“请原谅，我引用了维吉尔的话。”

他完全是在绝望中才这么说的，但这句话让鼻涕精大师停了下来。“你指哪一部分？”

“这有什么关系？”佩德罗先生嘲弄道，“这孩子需要的是训练……”

鼻涕精大师站直了身子。“维吉尔是文化的基石，你个笨蛋。”

费德里科翻找着箱子。他找到了，是黑色斗篷。“让我的骨肉后代中……”他一边背诵，一边在口袋里摸索，“出现……出现什么的。”他把那枚沉重的铁钥匙攥在手里。

“对贡萨加家族来说，没有什么地方是安全的。”佩德罗先生继续说，“必须有人在旁保护……”

“是出现一个……”鼻涕精大师追问道，“后面是什么？”

“闭嘴。”西莱斯特对鼻涕精大师厉声说，“我们得听听这孩子干什么去了。”

“出现一个……复仇者？”说完这些贵族才说的语言，费德里科就冲出了门。

“我说，阁下！”鼻涕精大师用颤音说，“下一句是什么？”

佩德罗先生本想去追，可惜这位战士并不精于速度。

费德里科飞快地跑回宫殿，紫色的天空沉重地笼罩在花园上空。一轮圆月从地平线上慢慢升起。他从来没有这么调皮，也从未如此大胆。他竟然惹火了自己的家庭教师、保育员和剑术老师……未来几个礼拜，他都要在挨打中度过了。

在鸟舍里，随着黄昏的到来，金丝雀已经安静了下来，不过燕子在叽叽喳喳地叫着，那只鹦鹉的声音还是和刚才一样响亮。“你碰到麻烦了。”贝儿一看到他的脸就说。

“是的。”他不需要再多说了。

二人默默地穿过宫殿，一路上碰到了许多男仆和内侍、穿着华丽的女士、手拿诗琴的乐师……费德里科的表情很淡定，但贝儿的脸看起来像他的心一样焦虑。

最后，他们终于来到了西斯廷教堂的前院。这座庭院几乎和教堂本身一样大，此时四周空无一人，笼罩在苍茫的暮色下。巨大的雕花门占据了半面墙。有乐声从圆柱窗中飘出，可知有人正在某个地方演奏。教堂晚祷的钟声与音符交织在一起。

费德里科往左右看看。难道他们来晚了，拉斐尔已经走了？

“他在哪里？”贝儿惊慌地低声说。

那位大画家背着一个背包，从阴影中悄然而出。“老天。”他鞠了一躬，他换了一件时髦的黑色短上衣，袖子上有漂亮的条纹，“我还担心你们忘了呢。”

“没有！”费德里科挥了挥钥匙，露出了灿烂的笑容。

“太不可思议了。为了研究这里的天花板，我足足等了好几个月。每个人都说米开朗琪罗是个天才，但如果他看都不让我看，那让我怎么接受呢？”

贝儿盯着黑暗的巨门。“如果他还在里面呢？”

拉斐尔向她眨眨眼。“对米开朗琪罗来说，日落得太快了。我的意思，光线太暗，他没办法画画了……可以走了吗，阁下？还是你觉得自己不够勇敢？”

事实上，费德里科一点儿也不勇敢。他满脑子想的都是米开朗琪罗那肌肉结实的手臂，以及手里握着的锤子，他又想到米开朗琪罗撕毁画作的样子，当时他气得满脸通红。如果米开朗琪罗知道了这件事，费德里科的小命就不保了。他低头看着从伯拉孟特的钥匙圈里偷出来的钥匙。大建筑师会不高兴的。

“弗雷德？”贝儿碰了碰他的胳膊，“我们必须这样做。还记得吗？”

她是对的。费德里科必须这么做，为了赫伯特，也为了得到朱诺的承诺，还为了那幅画。

他深吸了一口气，把钥匙插了进去。锁又硬又重，他必须双手握着，使出全身力气转动钥匙。

“我们要进狮子洞了。”拉斐尔大笑着用力推门。

“这话可安慰不了人！”但贝儿也开始推门。

门慢慢地开了。远处有一个唱诗班在吟唱，燕子在呢喃，圣鲁菲纳教堂在为盛宴敲响钟声。黄昏的最后一点儿光线洒满了整个空间，给这里镀上了一层魔法般的光芒。高处拉着帆布。另一端的圣坛被阴影包裹着，看起来就像有个人跪在那里。

拉斐尔悄悄走进教堂，一会儿看看左边，一会儿看看右边。“我已经受到了启发。”

“等等。”费德里科拉住了贝儿。在一片沉寂中，似乎有个黑影在来回移动。难道有人藏在这里？不会的……

可偏偏天不遂人愿。

一个幽灵从黑暗中走了出来。是米开朗琪罗。“你这只花孔雀！”他大吼一声，向他们冲了过来，“给我出去！”他抄起一个桶，朝拉斐尔扔了过去。

“好心的先生……”拉斐尔闪身一躲，可惜动作慢了点儿。水桶一下子砸在他的前额上，他像块石头一样倒了下去。

“还有你！”米开朗琪罗说着把一个盆丢向费德里科，“你真给你的姓氏丢脸。”那个盆击中了费德里科身后的墙面，盆里的沙子撒得到处都是。

“大师……”

“够了！”米开朗琪罗跑向门口，“这座城市里全是毒蛇，我受够了。”

贝儿跑过去查看拉斐尔的伤势。“这下糟了，真是糟透了。”

费德里科跑去追米开朗琪罗。“大师，事情不是你想的那样！”

“我再也不能忍受这个蛇窝了！”米开朗琪罗咚咚的脚步声响彻过道。

费德里科一路追赶，好几个邋遢的书记员见了，惊讶得像墨水池一样张大了嘴巴，一个小信差见他们过来，连忙紧贴着墙壁。“大师，请等一下……”他隐约看到一个瑞士卫兵走了过来，或者说是他感觉到了，但他太惊慌了，也顾不上去注意了。

米开朗琪罗猛地打开通往长廊的沉重大门。“我要回佛罗伦萨！”

“我只是想帮忙……”费德里科气喘吁吁地追赶着。

米开朗琪罗打开了工作室的矮门。“我要把你的罪行公之于世！”他气哼哼地瞪了费德里科一眼就走了进去。门闩在他身后哐啷作响。

费德里科无助地用力拉门。“我可以解释！”

贝儿狂奔过来。“等等，他进去了？我们该怎么办？”

“你在这儿干什么？”费德里科厉声说，“米开朗琪罗！”

“给你。”贝儿举起西斯廷教堂的钥匙，“收好了。”

“这现在不重要了！大师，开门呀。求你了。”

“你冷静一点儿。”贝儿道，“我来解决这个问题。”她冲回长廊。

费德里科在她后面狂奔。“你要去哪儿？”

“记得吗？”她走到壁橱前，“我会让一切都好起来的。”她走了进去。

“不要……”

她不见了，消失了，仿佛从未来过，就像赫伯特，就像朱诺。现在他甚至连贝儿也失去了。

鼓起勇气的结果就是这样。费德里科只想要一个朋友，一只宠物。也许他还想要探险，但现在他一无所有了。

走廊尽头的门开了。有脚步声从宫殿那边传来。

费德里科必须藏起来，他需要好好思考思考！今晚，他把事情搞得够糟了。

他纵身一跃，打开壁橱，跳了进去……

就这样，他从夜晚黑暗的罗马跳进了一个通亮的房间。天花板上的蜡烛像太阳一样明亮。

他眨了眨眼睛，好让自己适应。他跌入的是一间小办公室，里面有一张满是灰尘的金属办公桌。墙上用生锈的图钉钉着一些纸片。墙上还有一个书柜，那显然是个暗门，书柜另一边是一条隐约可见的楼梯。这里太有赫伯特的风格了。

“贝儿？”他低声说。他小心翼翼地向前走去。壁橱看起来还是那个样子：深色木头、玻璃球，以及奇怪的符号。水在密封的玻璃球里哗哗作响。“朱诺？”

他往桌下看看，又小心翼翼地拉开了抽屉。巧克力！他急忙撕开一包，看到死苍蝇，吓得趔趄着直往后退。

忽然，有声音飘进了办公室，也许他可以喊一声。“贝儿？”他大叫道，目光随即落在一本很厚的书上，那是他所见过的最厚的书了。书打开着，摊在书桌上……

那一页记录的正是他的家族贡萨加（1328—1511）。他知道第一串数字 1328 的意思，那一年他的祖先路易吉·贡萨加创立了曼图亚。然而，第二串数字让他大为不解，就好像贡萨加家族在那一年消失了。要是费德里科能看懂上面的字就好了。

在这一页的底部，他看到了自己的名字。费德里科·贡萨加（1500—1511），他很不喜欢这样的写法。他不喜欢贡萨加家族走向终结，也不喜欢这一页上都是他看不懂的文字。

惊恐之下，费德里科倒吸了一口气，伸手去拿刀。这本书写得好像他……已经……

好像他已经死了。

第二十四章

世界全变了

“我会让一切都好起来的。”贝儿说完这句话，便拿着西斯廷教堂的钥匙，离开了罗马和弗雷德，“我会让一切都好起来的。”她重复着，从衣柜里跌跌撞撞地走出来，来到赫伯特那个布满灰尘、亮着灯的办公室里。

“喵。”

“朱诺！”朱诺就在那儿！它趴在桌上，尾巴搭在爪子上，就像贝儿离开时一样，“我知道有人见到你会很高兴的。”看到了吗？事情已经朝着好的方面发展了。

“喵。”朱诺叫了一声，用头蹭了蹭她的手，好像在说，快来摸摸我。

“好，好。”贝儿挠了挠猫的脖子，“我带你去找弗雷德。”

她首先得把这件事办好，然后，她和弗雷德就能解决剩下的问题了，也就是得到那幅画，让米开朗琪罗冷静下来，还要请拉斐尔帮忙。

她皱起眉头看着那把钥匙，她应该把它收好。她那件无袖上衣没有口袋，不过……“看那个。”放在刀鞘里正合适。

朱诺从桌上跳了下来。“喵。”

“嘿，你哪儿也别去。”她抱起猫，朝衣柜走去。

朱诺从她怀里跳了出去，画出一道光滑的金色弧线。“喵。”

“不想让我抱你？那我们一起走进去好了。”贝儿打开了柜门。

朱诺抬头看看贝儿，又看看衣柜。接着，它又看看贝儿，随即把头扭向半开的书架和另一边的楼梯。它转身，跑了出去。

“嘿！弗雷德需要你。”贝儿追了上去，“等一等……”突然，她愣住了。

阁楼很干净。这太奇怪了。地板上没有灰尘。也没有蜘蛛网。

“怎么回事？”她低声说。

楼梯上传来回声：“喵……”

“朱诺！”贝儿叫着，从栏杆上望过去。她真不想下楼。

这房子听起来……古怪极了。倒是没什么不好的地方，只是变得不一样了。反正就是很古怪。“猫咪，过来。”

“喵。”朱诺叫了一声，不过声音弱了一些。

贝儿蹑手蹑脚地走下楼梯。“朱诺，你太气人了。”她还有更重要的事要做，却偏偏在追一只不属于她的猫。她走到二楼的走廊。“嘿，朱诺……”她环顾四周，“怎么回事？”

卧室的门开着，以前里面摆着深色的家具，还挂着一幅巴泽小姐年轻时的画像……但是，现在房间里一件家具也没有，经过了彻底的打扫，不见一丝灰尘。

“有人吗？”贝儿的声音回荡着，活像恐怖电影里的情节。她踮起脚尖往后退，伸手去摸栏杆。

“喵。”朱诺从下面叫道。

贝儿飞快地跑下楼梯。

一楼的情况更糟。客厅破旧的木地板上空无一物。

贝儿冲进饭厅。“巴泽小姐？”可餐厅也是空的，没有桌子、信封和床，也没有窗帘，更没有画……

“打扰一下！”

“啊！”贝儿尖叫起来。

一个女人从厨房里走出来，她的高跟鞋嗒嗒作响。她拿着一个写字板，好像那东西是连接在她胳膊上的。“你在这儿干什么？”她看了看贝儿的紧身裤。

贝儿弯下腰，试着呼吸。“你差点儿把我吓出心脏病……你是谁？”

一个穿着格子花呢夹克的男人走进前厅。“得把猫洞封上。”他告诉那位女士，“我不希望看到这里溜进来流浪猫狗。”他皱起眉头瞧着贝儿，“她是谁？”

贝儿盯着餐厅壁炉上方的墙，那里什么痕迹也没有，不像钉过钉子，似乎从未挂过任何东西。

就像拉斐尔的画从未存在过。

那女人猛地打开前门。“我不知道你是谁，也不知道你是怎么进来的，但你必须离开。”

贝儿往后退。“我……我只是来找我的猫……”

“那只猫已经出去了。”男人走了两步，挡在厨房前。

“是的……我……”贝儿咬着嘴唇，“我需要……”她无法思考！

男人朝她走了过来。“你必须离开这栋房子。”

“是的。我知道。”贝儿又走了一步，然后猛地转过身，以最快的速度逃上了楼梯。

“嘿，孩子！回来！”

贝儿嗵嗵嗵地跑到楼梯平台上，她来到二楼，接着是三楼，最后冲入赫伯特的办公室，用尽全身力气拉上了书架……

“啊！”她尖叫一声，“你在这儿干什么？”

弗雷德站在办公室里，手里拿着刀。地板上到处都是糖纸和死苍蝇。那本百科全书摊开在桌子上。“我死了。”

“不，你没有。听着，我找到了朱诺，但现在出大事了……”

“读给我听。”弗雷德呆呆地指了指百科全书。

“巴泽小姐家全变了……你没事吧？”

“快读。”弗雷德戳着那页纸说。他的脸色一片死灰。

贝儿眯起了双眼。“那上面说……我来翻译一下……1511 年，费德里科 · 贡萨加和米开朗琪罗双双去世……”她猛地抬起头，“肯定是写错了。米开朗琪罗活到了八十多岁。”

“书里怎么说？”

“是莫尔告诉我的。他活到了八十五岁……”她又埋头看书，“1511 年，教皇尤利乌斯二世宣布占领曼图亚，贡萨加家族就此走向了终结。”她吞了吞口水，“就是这样。”

“书里为什么说我死了？我没死。我就在这里。”

“我知道，好吗？”贝儿翻到下一个书签标出的页面，“门诺派教徒、墨西哥……在这里，米开朗琪罗。”这个条目比刚才那个要长。哎呀。

“是什么？告诉我。”

“先让我看完，好吗？嗯。1511 年 7 月，米开朗琪罗牵涉进了年轻的费德里科·贡萨加失踪一事，后来，人们推定费德里科·贡萨加已经身亡……”她抬起头，“这表示人们认为是这样，但还不能确定……”

“我知道‘推定’这个词。”

“嗯，好吧。两个星期后……米开朗琪罗逃到了佛罗伦萨，在那里死了……”她深吸了一口气。

“还有吗？”

“伯拉孟特立即下令将西斯廷教堂的天花板粉刷一新。穹顶画不复存在。”贝儿感觉好像自己的肚子狠狠挨了一拳，“这上面写错了，肯定错了。因为你还活着，对吧？米开朗琪罗并不在佛罗伦萨。”

“不，他在。”弗雷德的声音听起来像是世界末日到了，“他正要去那里。”

“那又怎么样呢？这只是一本书而已。它又不知道发生了什么事……”

“我死了。”弗雷德走进衣柜，“赫伯特死了。米开朗琪罗很快就要死了。”

贝儿抓住衣柜的门。“等等，朱诺怎么办？我们必须……”

弗雷德砰地关上了门。

贝儿把门拉开。衣柜里空空如也。她绝望地环视了一下办公室。电话！她扑过去，把糖纸扫到一边。“妈妈，快接电话。”她一边恳求，一边拨号。

“我是米里亚姆·布利斯。请留言。”

“嗨，妈妈。我在巴泽小姐家，我……嗯……我必须找到朱诺，弗雷德真的很难过，那幅画也不见了……”连她自己都不明白自己在说什么，“没关系。我打电话给莫尔吧。”她立即拨打了号码，电话通了，“嗨，莫尔，我有一件事要做，我真的需要你的帮助……”

电话里传来一位女士的声音，是电子女声。“很抱歉，”机器人说，“您所拨打的号码已停机。请检查后再拨。”

贝儿挂上了电话。

“没关系，”她低声说，“常有的事。没什么好吃惊的。”

她又打了一遍。

“很抱歉，您所拨打的号码已停机。”

贝儿慢慢地挂了电话。莫尔在哪里？“你在哪里？”贝儿对着空气问道。她盯着那些布满灰尘的发黄记录卡：“时间不曾流逝。猫是如何移动的？”接着，她看了看 1942 年的日历。墙上有个空白处，那个地方应该挂过什么东西。只是贝儿想不起是什么了，她吓坏了，脑袋一团乱。

第　四　部　分

·迎刃而解·

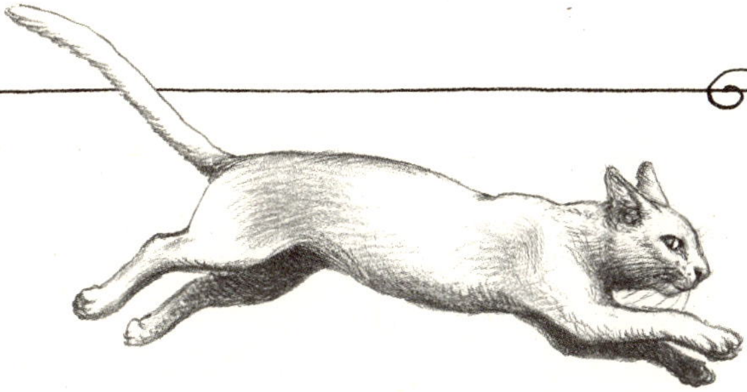

第二十五章

有利的开端

费德里科屏住呼吸，从壁橱里走了出来。如果这是他可以呼吸的最后一点儿空气，他想省着用。他的脚步声在黑暗的长廊里回荡，沙砾的刮擦声像尖叫声一样响亮。月光落在地板上，犹如伤疤。微风吹来了柴烟、橙花、焚香和尿的气味。钟声响了，在浑浊的空气中，仿佛可以看到钟声的形状。圣灵教堂的钟声响了，圣鲁菲纳教堂的钟声也响了。

费德里科站在那里听着，每一根神经都是紧绷的。他……似乎……还活着。

圣灵教堂的钟声渐渐归于沉寂，但圣鲁菲纳教堂的甜蜜钟声仍在继续……啊，这一天是圣鲁菲纳的节日。费德里科顶多离开了两个小时。正如赫伯特所预料的那样，壁橱在午夜时分把他送了回来。

他整了整自己的披风。披风是天蓝色的，上面有奶油色的丝绸装饰。接着，他又整了整头上那顶镶着珍珠的帽子。他发誓，他再也不会不听话了。他不会再溜出房间，也不会再乱背拉丁文，更不会在下双陆棋时赢教皇……

教皇……

费德里科的快乐消失了。米开朗琪罗逃离了罗马。他是教皇最喜欢的画家，虽然他们两人常常争吵。等教皇发现米开朗琪罗死了，费德里科的生命也就结束了。是费德里科偷了教堂的钥匙，打开了教堂的门。宫廷八卦也会把这件事传到教皇的耳朵里，巴结权贵向上爬的人会争先恐后地落井下石，说贡萨加家族不值得信任，必须找人取代费德里科的父亲，贡萨加城堡也应该给更有资格的人去住……

费德里科的胸膛里涌出一声呜咽。正如赫伯特那本书所写的，他将死去。贡萨加家族将因他而走向没落。

圣鲁菲纳教堂的钟声敲响着。在相邻的钟声之间，沉寂会压下来。但在一片寂静中，可以听到沙沙声。

费德里科握着刀，提高了警惕。

原来是贝儿跌跌撞撞地从壁橱里走出来，嘴里叽里咕噜地说个不停。

费德里科把刀收进鞘里。“贝儿。”他没精打采地说，

“你好。”

“嘿，你还没死。我早告诉过你的。”

“但也快了。等教皇陛下知道米开朗琪罗走了，他会除掉整个贡萨加家族。”

不过贝儿忙着说话，没听进去他说了什么。他说到了他的家里人，他在曼图亚的妹妹们可能很快也会死，至少是被剥夺了贵族的身份。

费德里科的悲伤变成了愤怒。“都是你的错！”他喊着，戳了戳她的上衣，那衣服还是他的呢！“如果不是你出现，还提出了那愚蠢的想法……”

没用的，何必浪费口舌与女孩吵架呢？费德里科必须去别处寻找内心的平静，他怒气冲冲地走开了。

“你要去哪儿？”贝儿喊道，“回到你那富丽堂皇的卧室？”

他太生气了，没有回答。

“你不去追米开朗琪罗吗？”

“贡萨加家族的人不会追任何人……”他忍着没有说下去。他对贝儿和米开朗琪罗都不感兴趣。即使是朱诺，他也不感兴趣。他只关心自己的家人，在这世上，他们对他最重要。

贝儿怎么敢要求他像小狗追兔子一样去追米开朗琪罗。首先，他不能离开宫殿。只有强盗和杀人犯才这么晚在城里乱窜，当然还有信使和士兵。想起自己与那个瑞士卫兵的屈辱遭遇，他就不寒而栗。此外，米开朗琪罗此时无疑已经快到佛罗伦萨边境了。要想追上他，需要罗马最快的马，得是一匹阿拉伯马，既有耐力，又有速度。费德里科确实知道有这样一匹马，但那匹马属于威尼斯大使，只能由信使在执行公务时骑乘。

费德里科不是信使，一看他的斗篷和镶着珍珠的帽子就不是。要扮成信使，就意味着要隐藏一切彰显他身份地位的东西。他必须隐姓埋名，还要怀着一丝微弱的希望，盼着能说服米开朗琪罗回到罗马。这太荒谬了。

但是……

但是，他有什么选择呢？他的确可以返回自己的卧室，回去找西莱斯特、佩德罗先生和鼻涕精大师，但那样只能等来糟糕的结局。

他可以逃走……

可那更是奇耻大辱。

他可以向教皇求情，但这行不通。也可能有用，但教皇一定会弄得尽人皆知，还会迫使费德里科跪在全城人面前，乞求宽恕。教皇就喜欢这样的炫耀行为。毕竟费德里科是人质，这么可以用来杀鸡儆猴，让教皇的许多敌人知道他的厉害。

费德里科摘下帽子，抚摸着珍珠。它们在月光下闪着光泽，很可能价值两百个金币。一个工人辛辛苦苦干上很多年，才能挣到这么多钱。

要追上米开朗琪罗，他需要一匹马和巨大的勇气。他可以鼓起勇气。他毕竟是一名战士，或者说，他未来将成为一名战士。他快成年了。然而，得花很多钱才能得到一匹快马。不光需要钱，还得使一些手段……

费德里科慢慢地跑了起来，穿过长廊，一直来到尽头。他穿过幽暗的巨大花园，穿过迷宫般的马厩，来到了马具匠的房间，但愿这个人睡觉很轻。他敲了敲门。“打扰一下。现在的确太晚了，正常人不该外出，但我有急事。”

对正常人来说的确太晚了。可马具匠并不是正常人。

门嘎吱一声开了。马具匠眯起眼睛看着费德里科，微笑着摸着脸上的伤疤。“小捣蛋鬼来了。”

费德里科没时间生气。“我需要一匹马。拜托了。”

马具匠靠在门框上。“大雕塑家米开朗琪罗来过，就是他这么说你的，‘捣蛋鬼费德里科’。他说完就骑马走了，临走前还命令我重复了一遍。”

“啊。”费德里科面无表情地说，“有意思。”他深吸了一口气，“马具匠大师，我们都知道，你是个生意人。”

马具匠的脸上现出一丝狞笑。“确实如此。”

他直视着马具匠的眼睛。“我需要马厩里跑得最快的马。”

“这事可不好办。”马具匠抚摸着自己的伤疤，“威尼斯大使有一匹比风还快的母马。但马不是我的，我无权买卖。”

“那匹马当然不是你可以卖掉的。”费德里科脱下斗篷，那是一件带有丝绸衬里的天蓝色斗篷，“我并不需要买马。”他晃了晃斗篷，丝绸光华闪动，犹如一片温暖的隐秘的海洋，光是布料就值一百个金币，“我只要借用一匹马几个钟头。仅此而已。”

马具匠盯着闪闪发光的布料。“已经好几天没人骑过那匹了，但我冒了很大的风险……”他的目光投向了费德里科。

费德里科摘下头上那顶蓝色丝绸帽子，光是这些珍珠就够马具匠六年的薪水了。“我们都在冒险。”

马具匠眯起了眼睛。“米开朗琪罗对你的看法是对的。你还真是专门破坏规矩。”

费德里科耸耸肩。“绅士从不破坏规矩。这是你教我的。”他把帽子扔给马具匠，“品格高尚的人只会学着变通。”

马具匠接住帽子，他当然会这么做，谁也不会把六年的薪水丢在马厩的地上。

费德里科把斗篷也递了出去。“还要马鞍。拜托了。”

不到十五分钟，费德里科就骑着一匹名叫拔示巴的黑色母马进入了罗马城，这匹马是全罗马跑得最快的。他骑在马上，只着无袖上衣，衬衫袖子裸露在外，头上也没有帽子，几枚戒指已被他塞进了口袋，哪怕金子发出最轻微的光泽，也会暴露他的身份。马蹄踩踏在泥土上，他手里拿着刀，留心观察着每一道暗影。人们为争夺这样的马，会把人杀死。人们还会为了各种各样的理由杀死自己的兄弟。费德里科还没学会走路，就开始骑马了。他了解马，就像他母亲了解艺术一样。但他从未见过拔示巴这样的马。

来到城门前，他驱马减速。“我是信使。”他喊道，“请打开城门。”我必须找回米开朗琪罗，他很想补充这一句，但他忍住没说。

“你为谁送信？”塔楼上传来一个声音。

“教皇陛下。”毕竟这些人都是教皇的手下，“还有威尼斯。”这么说是以防他们认识母马拔示巴。

天太黑了，他看不见那些人。也许城门从未在这么晚打开过，也许信差太卑微，根本无人在意。

他利落地下了马，左手握着缰绳，右手握着刀。“时间紧急！”他喊道，语气中夹杂着绝望。

一名身穿护胸甲的门卫从阴影中走了出来。“你的年纪太小了，不可能做信使。”他懒洋洋地靠在城墙的一扇窄门上。这是一扇暗门，供单人出入城使用。

“他们也是这么告诉我的。”费德里科谦逊地说。我必须追上米开朗琪罗！他真想大声把这句话叫出来。

拔示巴受了阻，气得直喷鼻。费德里科换了个姿势，把刀藏在背后。他并不想攻击这个人，但是佩德罗先生教过他刺穿盔甲的方法。

“放行。”那声音终于向下喊了一声。

门卫耸了耸，抬起了暗门的门闩。

费德里科拿着缰绳，穿门而过。“谢谢。”

“再给它喂点儿食，不然它可跑不了多远。”门卫大笑起来。但费德里科没有回答，他已经跨上了马鞍……

拔示巴也已经跑了起来。他还没坐好，马儿就全速奔驰起来，马蹄踏着吊桥飞奔而过。骑术稍微差一点儿的人准会一头栽在壕沟里。费德里科死命抓着马儿的鬃毛。它跑得真快。它得意地打了个响鼻儿，摇了摇耳朵，风驰电掣地狂奔着。

他身后的人欢呼起来，但马蹄声如雷鸣一般，费德里科并没有听到。他像只跳蚤一样死死抱住拔示巴的脖子。它的鬃毛抽打着他的脸，风迎面刮来，吹得他眼泪横流。路在他们面前延伸，每一块石头都在月光下闪闪发光。“快跑，拔示巴。”他低声说，“一定要找到他。”

第二十六章

糟糕透顶

贝儿跌跌撞撞地穿过衣柜，回到了罗马。她没有选择。那两个人要把她从巴泽小姐家赶出去！

她听见他们走上了赫伯特办公室外的楼梯。“她肯定在这里。”那女人说，高跟鞋嗒嗒响。

“怎么书架上还有书？”那个男人问，就是那个穿着丑了吧唧的格子呢夹克的家伙，“所有这些垃圾早该清理掉了……啊，那是什么？”

贝儿惊恐地看着书架开始移动。她刚才没关紧。

“奇怪。”女人喃喃地说，“这东西好像不是固定在墙上的。”贝儿惊恐地看着红色的指甲出现在眼前，“这后面有个房间吗……”

贝儿慢慢地挪开，想找个地方躲起来，她只好钻进衣柜……就这样来到了宫殿的长廊。“弗雷德！”她一看见他就叫道，“太可怕了……巴泽小姐家里有两个人，但她不在，她的东西也不见了，莫尔的电话打不通，真是太可怕了，我本来可以追上朱诺，但被它跑了……”

弗雷德盯着她。“贝儿。你好。”

“嘿，你还没死。”显然百科全书是错的，“我早告诉过你的。”

“但也快了……”

贝儿盯着衣柜。如果那两个人进了赫伯特的办公室呢？房子怎么会是空的？“估计是巴泽小姐出事了。我也不清楚怎么回事。我其实并没有离开过，因为时间不曾流逝，朱诺还趴在原来的地方。喂，弗雷德？现在说的是赫伯特的女儿，是他的家人？你不关心吗？”

弗雷德毫无预兆地戳了她的胸口。“都是你的错！”他咬牙切齿地说。

贝儿一把拍开了他的手。“你在说什么呀？这是探险呀，记得吗？我们两个的探险。我们必须让一切都好起来。”

“我们没做到！这不是我的探险！”弗雷德愤怒地咆哮一声，跺着脚走开了。

“你要去哪儿？”她尽可能讽刺地叫道，“回你那富丽堂皇的卧室？”

他没有回答。他的斗篷在月光下像涟漪一样晃动着。

“你不去追米开朗琪罗吗？”

他没有退缩。甚至他的脚步声听起来也很疯狂。

“难道你不关心朱诺吗？”她的话在长廊里回荡，“你又不是我的老板。”

他在一片月光下停了下来。

“弗雷德？”

但他好像根本没听见，反而跑了起来，他的脚步声就像快节奏的鼓声。

她现在该怎么办呢？我应该打电话给莫尔，她瞥了一眼衣柜，下意识地想，莫尔肯定知道该怎么办……

然而，莫尔的手机打不通。

贝儿盯着装有八个玻璃球的衣柜。巴泽小姐出了什么事？为什么弗雷德这么愚蠢？这根本不是贝儿的错。非要怪一个人的话，那就是弗雷德的错，因为他把她弄哭了。这整件事太蠢了！简直糟透了……

砰——通往宫殿的门关上了。

贝儿的心直往下坠。

“他在哪里？”一个低沉的声音咆哮道，脚步声走近，“阁下在哪儿？”是那个瑞士卫兵！块头大得像油轮，头盔下的脸很黑。单是他的剑就比贝儿还高。

贝儿朝走廊另一头一扬下巴。“他往那边去了。”她小心翼翼地朝衣柜挪去……

卫兵一把揪住了她的脖子后面。“他不在公馆。我检查过了。”他几乎要把她拎起来了，“他的人都担心死了。”

“我的意思是……”贝儿扯着自己的衣领，“我的意思是他之前的确不在，不过他刚刚回去了。”

卫兵没有吭声。四下里一片死寂，贝儿甚至都能听到远处的钟声和音乐声。

她局促不安。“嗯，我们吵架了。”

卫兵让她转过脸来，在月光下仔细打量着她。“两天前的晚上，我发现爵士在城里四处游荡，还说了一些关于拉斐尔的不着边际的话。今晚，拉斐尔也说了一些关于他的不着边际的话。”

“是的。”贝儿倒吸了一口凉气，“这事说来话长了。”

“今天下午他怎么像个仆人似的在花园里狂奔？”卫兵的眼睛里充满了愤怒，像是燃着白色的火焰。

“因为……”贝儿无法思考，“还记得你问起的那个女孩吗？也就是巴泽小姐。”

“你说过她好了。”卫兵的声音很刺耳。

“确实是的！但现在不一样了。真的很难解释清楚。”衣柜就在三步远之外，只要她能挣脱开卫兵，她就可以跳进去了……

卫兵推着她，沿走廊走了起来。“够了。”

“你不能这样做……我正解释呢……”她在他的胳膊上又是抓又是挠，只是手指一触到天鹅绒就打滑。“弗雷德！”她尖叫道。

“安静！”卫兵命令道，打开了宫殿的门，“你会吵醒别人的。”

情况不妙。真是糟透了。“说真的，你想知道什么？”贝儿嘟囔道，这会儿，卫兵推着她穿过一个个黑暗的房间，“这是衣柜的问题，好吗？衣柜是达·芬奇做的，里面还有只猫……”

“安静。”他半推半抱地把她带下狭窄的楼梯。这是他们经过的第二道楼梯。贝儿的紧身裤鞋一直在往下滑，她的两只手还死死巴着墙壁。卫兵的大手一直没有离开她的脖子。

现在他们来到了第三道楼梯，贝儿眼前一片漆黑。空气像湿毛巾一样紧贴着她的脸，四周弥漫着陈腐的肉、大蒜和粪便的臭味。“打扰一下。”她尽可能礼貌地说，“我只是想知道我们要去哪里。拜托了。如果你想告诉我……”

“爵士还只是个孩子。”

“我也是！”贝儿立即喊道。但这似乎没什么作用。

一盏提灯在前面的通道里闪烁着，照亮了粗糙的墙壁。一个男人走来走去，也是个瑞士卫兵，胳膊下夹着头盔，揉着自己的短发。

“我的职责是效忠教皇陛下。”巨人般的卫兵吟诵着，打开了一扇平板木门，他低头看着贝儿，“但我不想看到他受到伤害。”

“弗朗茨！”第二个卫兵匆匆走了过来，“爵士出城了。我亲眼看到的。”

叫弗朗茨的巨人卫兵晃了晃贝儿。“怎么回事？”他皱着眉头凑近她，“快说。”

“我不知道。我什么都不知道！”贝儿皱起眉头，强忍着才没有哭出来。

弗朗茨恶狠狠地瞪着她。“废物。”他啐了一口，把她推进了门里。接着，门砰的一声关上了。重重的脚步声逐渐远去。

贝儿踉跄几步，喘着粗气。

她揉了揉脖子，四处张望。这里是一间小牢房，散发着皮革和汗臭味。在月光下，可以看到一张窄床，上面放着一堆毯子，还有一个雕刻精美的架子。“我不知道。”她低声说，“我还以为弗雷德回房间去了。”她擦了擦鼻子，“莫尔？妈妈？我需要帮助。”

嘎吱一声，有什么东西在动。

在房间的另一边，毯子居然动了。

贝儿尖叫着用力撞向房门。

“啊，伤心人，”一个声音喃喃地说，“你怎么了？”

第二十七章

纵马狂奔

现在，费德里科已经离开了罗马，在远离城墙的蛮荒乡村里纵马狂奔。拔示巴奔出了数英里的路程，马蹄声一直发出稳定的节奏。它的皮毛上连一滴汗珠都没有。费德里科知道，不能让马跑太久，因为马和人一样也会累。有句老话说，牵着马走的士兵走得更远，抵达终点时，人和马都精神抖擞。于是，在由着拔示巴甩掉关在马厩几天的沉闷后，费德里科放慢速度，让它小跑着前进。“别着急，漂亮姑娘。”他拍拍马儿的脖子，“你很快就可以再次奔驰了。”

在他们身后的远处，矗立着罗马的一座座塔楼，它们的轮廓映衬着群山和繁星点点的天空。月光照亮了空旷平坦的公路、麦田和几间简陋的茅屋。微风中吹来了肥料和沼泽的味道。费德里科既没戴帽子，也没穿斗篷，不禁有种衣不蔽体的感觉，但今晚他只是个信使，而不是贵族。精美的衣服只会让人觉得他是个大人物，让他沦为抢劫或勒索的对象。大白天，有权势的人带着卫兵和雇佣兵走在这条路上。现在这么晚，一个卑微的信使不会引起注意……

对吧？

上山途中，他们遇到了第一个障碍。费德里科意识到还有很长一段路要走，便下了马。“所有的重量都很沉重。”佩德罗先生经常这样训斥。伸伸腿脚的感觉真好，只是他的鞋底太薄，踩在鹅卵石上很硌脚。他边走边盯着路，手里拿着缰绳，拔示巴漂亮的脑袋扭来扭去。

突然，它的耳朵向前竖了起来。

“怎么了？”费德里科爬上马鞍，从马背上可以看得更清楚。然而，他刚一坐好，灌木丛就摇晃起来。有好几个人向他扑了过来，一只像獒犬那么大的狗狂叫着……

拔示巴向前一跃，蹄子猛踢在狗身上。“走开！”费德里科拔出了刀，朝那只正在撕咬马蹄的大狗尖叫道。四个人挥舞着棍棒向他跑来。可能是帽子的阴影遮住了他们的脸，也可能是他们戴着面具，更有可能他们是一群恶魔……

“不！”他冲着强盗、狗，还有命运尖叫道。

拔示巴箭一般地跑远了，将强盗们甩在它溅起的灰尘里。狗一直在追他们，马儿又踢了它一下，它才嚎叫着滚进了沟里。

费德里科伏在马鞍上，风吹着他的头发，他壮起胆子回头看了一眼。“哈！”他挥舞着刀喊道。真是一场痛快淋漓的胜利，要是他的父母能看到就好了，要是贝儿和赫伯特能看到就好了。

费德里科安坐在马鞍上，咧开嘴笑了。“好姑娘。”他们是多么勇敢啊。

最后，马儿放慢了速度，轻轻摇晃着慢跑了好几英里。费德里科一直在观察道路、灌木丛和田野。每每经过丛生的杂草或阴影重重的葡萄园，他就紧紧地握着刀。他不再担心自己会遭到绑架了，像那四个人一样的强盗是不会绑架一个孤身上路的信使的，但他们会为了把马弄到手而杀了他。米开朗琪罗遇到强盗了吗？然而，即便是强盗，遇到米开朗琪罗也会发狂，他有肌肉，有锤子，还有心中的熊熊怒火。

终于，费德里科看到了一盏提灯。他如释重负地叹了口气，那是供旅人歇脚的驿站客栈。他策马小跑进院子的时候，一个马童跑了出来。“拔示巴。”男孩叫道。他接过缰绳，只是淡淡地瞥了一眼骑马的人。

费德里科从马鞍上滑了下来。在这一刻，马槽的水声听起来比蜂蜜还甜。“最近有人经过吗？”他问道，咕咚咕咚喝着水。在他身旁，拔示巴也大口喝着水，“他的脖子很怪。”费德里科昂起头来做示范。

马童点点头。“那人身上的味道很难闻，骂曼图亚的话也很难听。”

“你怎么敢……”费德里科忍住了。“可以给我的马喂点儿吃的吗？”他一边礼貌地问，一边把拔示巴从水槽边拉开。喝水过多，它会腹绞痛的。在马儿吃食的时候，费德里科听着小马童讲述那个浑身恶臭的人恨不得马上离开教皇所管辖的地区，说什么也不肯换马。“那我也得赶紧走了。”费德里科冷冷地说，牵着拔示巴回到路上。

费德里科很想骑马飞奔，但他还是牵着马走了一段路，让水和谷物在马儿的胃里消化消化。他安慰自己，至少他扮演信使还算成功。马童证明了这一点。

现在地势变得崎岖了，要走很长一段上坡路。月亮爬上了天空，早晨似乎永远不会到来。费德里科一路步行上山，在下坡时骑着拔示巴缓步而行，担心它会绊倒。除此之外，他们都是小跑着前进，只有当其中一方不能忍受缓慢的步伐时，才偶尔快跑一会儿。

在一段上坡路上，麻烦又出现了。费德里科手里拿着刀，静静地走着，时刻留意有没有沙沙声。拔示巴突然咚咚踏着每只蹄子，还竖起耳朵。一听到马蹄声，他们都吓了一跳，费德里科还没来得及喘口气就再次跨上了马。

拔示巴狂奔起来，它的脖子很长，只是精力并不充沛，那些骑马的人很快就追上了他们。一个长着胡子、满脸是疤的强盗骑到费德里科身边，他的马迈着跟拔示巴一样的步子。强盗抓住了费德里科的缰绳……

费德里科挥刀朝他刺去，砍向强盗戴着手套的手，接着又是一刀……

强盗骂骂咧咧地松开了手。但费德里科还没来得及喘口气，第二个歹徒就出现在了他的左边……

拔示巴用尽全力疾驰，它撕咬另一匹马，像个斗士一样鸣叫着。费德里科用刀锋划过强盗的缰绳，用力一扯，把缰绳砍断。骑马的人立刻落在了后面。

费德里科压低身体趴在拔示巴身上，在马蹄声和自己的心跳声中努力聆听。还有没有人追过来？他没有勇气回头看。

不过，就算强盗真的跟踪他们，也缺乏拔示巴那样的勇气。它一路飞驰，渐渐地不再紧张，放松了下来，蹄子现在发出有节奏的韵律，不再透露出警惕。费德里科抚摸着它的脖子，低声说："你配得上等重的白银。"

这时，费德里科的屁股已经颠得生疼，他很愿意步行。拔示巴低着头，拖着步子走着。也许他们永远也追不上米开朗琪罗了。作为贡萨加家族的最后一名成员，也许费德里科注定要死去。

前面是一个灯光明亮的山顶。是敌人，还是客栈？费德里科不能肯定。他费了好大劲儿才爬上拔示巴的马鞍，他已经精疲力竭了，不仅疲惫，还满心恐惧。

他小心地骑着马向前走。

“停下！”一个声音喊道，“以佛罗伦萨的名义，停下。”

费德里科松了口气，几乎瘫软倒地。边境到了。他下了马，尽力不摔倒。“我在找一个骑马经过这里的人……”

“你是说米开朗琪罗？”一个马夫举着灯笼走了过来，“你真像个乞丐，伙计。”

费德里科递过缰绳。“请照顾好它。”

马夫点了点头，接过缰绳。“你知道你在流血吗？”

费德里科低头瞥了一眼。他的袖子被划破了，还沾着血。“我想那是强盗的血。”

“你比看上去的要坚强。”马夫向旅店点点头，“他在那里。见到他，你可得待在逆风方向，不然就太臭了。”

费德里科一瘸一拐地穿过院子。东方的地平线现出了一丝曙光。

他深吸一口气，打开了门。

旅馆里有一间低矮的房间，地板破烂不堪。壁炉里的余烁闪着火光，勉强照亮了粗糙的桌子和凳子。米开朗琪罗独自坐在里面，一如既往地昂着头。“费德里科，你是来请求原谅的吗？”

费德里科小心地坐到椅子上。附近某个地方正在烤面包。“是的。请原谅我，求你了。”

米开朗琪罗把一块面包皮浸在破口碗中的水里。“绝不。”

“求你了。如果你不回罗马，我的家人就遭殃了。”

米开朗琪罗耸耸肩。“这跟我有什么关系？”

“可是曼图亚……我的故乡……”

“那是你的故乡，又不是我的。”米开朗琪罗把面包屑扫进一只粗壮的手里，然后扔进嘴里，“看到了吗？我是罗马最伟大的艺术家，吃起饭来却如此穷酸，活像个囚犯。”

费德里科叹了口气。他听过太多遍米开朗琪罗发表贫穷的言论了。“你很富有，大师。你拥有一个村庄。”

“我没有得到尊重。我是个天才，而人们……”他怒视着费德里科，“居然在我背后偷偷摸摸。”

费德里科低下了头。“是的。但是……”

“傲慢自负的人模仿我。他们只会模仿我。”米开朗琪罗站起来，脑袋歪着，他把碗推到一边，“但他们再也没有机会了。”

“大师，你不能。”费德里科绝望地提高了嗓门，“我需要你！很对不起……”

“你的确对不起我。”米开朗琪罗大步走过房间，“现在我在我的故乡。”他的目光扫过费德里科肮脏的裤子和血淋淋的袖子，“我不需要听乞丐的话。”他走出去，砰的一声关上了门。

第二十八章

爬上穹顶

贝儿被困在了宫殿深处一个洒满月光的牢房里，惊恐地盯着那块移动的毯子。“什么东西……”她一边喘着气说，一边伸手摸门。

那东西又动了起来，还甩出两条腿到地上，变成了一个穿着条纹袖黑衬衫的男人。那个人说了句：“你怎么了？”她认得那个声音，是拉斐尔。

“等等，什么？”贝儿努力让自己的声音不再颤抖，“你怎么到监狱来了？”

“监狱？”拉斐尔咯咯笑了起来，把两条袖子抚平，“傻孩子，这里是瑞士卫兵的营房。这里的人都很喜欢我。”

“可是那个卫兵为什么那么生弗雷德的气……我是说，

费德里科爵士？”

“弗朗茨？恰恰相反。如果教皇陛下弄丢了这个年轻的人质……”他小心翼翼地站起来，望着搁在架子上的一面镜子，“至少不会留疤。”他露出一脸苦相，摸了摸青肿的前额，“西斯廷教堂一游到此为止。”

“等等，”但那才是重点！“但你还是要画我。”

拉斐尔轻轻擦了擦瘀伤的地方。“可惜锁上了。”

“锁上了？”贝儿突然感觉胸口不那么紧了。

“所以，恐怕协议不能履行了。现在行行好，帮我找找我的帽子。黑色的，十分雅致，小小一顶……在这里呢。”

“那如果你能进教堂，”贝儿慢慢地问，“你会画我吗？”

拉斐尔把一个包横放在胸前。“我的速写本就在这里。要是我们的计划成功就好了。”他对着镜子整理帽子，“我必须感谢弗朗茨，他是个不错的东道主……”当他看到贝儿手里的钥匙时，他的声音消失了。

“现在还有时间。”她小声说。巴泽小姐家壁炉上方的空间……他们还有时间，对吧？也许还有。

拉斐尔盯着钥匙，轻拍着下巴，陷入了沉思。

“米开朗琪罗去佛罗伦萨了。”贝儿一定要说服这个人！“你难道不想看看世界上最伟大的艺术吗？”

拉斐尔浑身僵硬。“你这话说得有点儿无礼。”

不过他在听，还很感兴趣。“这话是我妈妈说的。”贝儿把头伸出门外，“打扰一下？我们要借用一下这盏提灯。”她转头看着拉斐尔，“可以吗？现在情况紧急。”

“世界上最伟大的艺术？”拉斐尔愤愤不平地说。但他还是跟着贝儿进了过道。

他们一起小跑着，从狭窄的楼梯到了二楼和三楼，贝儿太兴奋了，恨不得能痛痛快快狂奔一场。在她身后，拉斐尔的眼睛闪闪发光。他表现得很不以为然，但依然可以看出他有些迫不及待。他们艰难地穿过摆满梯子的漆黑房间，穿过空无一人却回响不断的走廊，而贝儿借来的提灯一路上照亮了用金色颜料画出的不同细部特征……最后，他们来到了西斯廷教堂的前院，一半的围墙都是门。贝儿把钥匙插进锁眼里。

拉斐尔连忙按住她的手。“他真的走了？”

她点了点头。

拉斐尔咧嘴一笑，舔了舔嘴唇。他们一起推开了门。

巨大的教堂呈现在他们面前，地板悄无声息地延伸到黑暗之中。月光从高高的窗户倾泻下来。巨大的帆布在他们的头顶上伸展，在夜风的吹拂下沙沙作响。过了帆布是另一半天花板，那里是灰色的，正耐心等待着画家作画。

贝儿跨过门槛，一道道黑影吸收了她的脚步声。她的目光瞟向天花板的空白部分。这就是天花板以前的样子。如果进展不顺，天花板又将变成这个样子……

不要想那些，她告诉自己。“来吧。”

她双手交替，一级级地爬上梯子。拉斐尔跟在后面，悄无声息，活像一只猫。他比猫安静，因为他不会喵喵叫。她想知道朱诺在哪儿呢？

不要想那些。

站在梯子的顶端，她几乎看不到地面。高处甚至连栏杆都没有！天花板在她的头顶上方呈曲线延伸，在提灯的灯光下显得阴森森的。脚手架就着天花板的曲线逐渐升高，就像体育馆的露天看台。在贝儿的脚下，木板吱吱作响。但是脚手架很坚固，用来供米开朗琪罗和他的助手们站在上面作画。莫尔可能知道他们每个人的名字。

莫尔一定会喜欢这里的，一定会非常喜欢。

拉斐尔小心翼翼地爬上脚手架，他左看看右看看，试图把一切都看清楚。在他们下面，帆布沙沙响着，似是在叹息。

贝儿指着天花板的顶部。“那是亚当和夏娃。我妈妈最喜欢那部分了。”

“可以吗？”拉斐尔问，然后拿过提灯。他绕过一个木制滑轮，朝最近的墙走去。

拉斐尔可能对亚当不感兴趣，但贝儿很感兴趣。她怎么可能不感兴趣呢？她看过他那么多次了。她迫不及待地想近距离地看看他。她爬过一卷绳子，一堆凿子，朝天花板的顶部走去。

一块木板突然嘎吱响了一下，是拉斐尔。他举着提灯，手臂横在胸前，正在看画中一个身着长袍的男人。拉斐尔扭动身体，模仿这个姿势，让自己的手垂在半空中……

莫尔说过，大多数画家在画伊甸园的时候，都会描绘成一切都是夏娃的错，就好像是夏娃欺骗了亚当一样。但米开朗琪罗并非如此。对米开朗琪罗来说，原罪也同样是亚当的错。

拉斐尔沿着脚手架走着，灯光像光环一般环绕着他。他仔细端详着一个女人，她摇着怀里的婴儿，扭着的肩膀充满了保护性，脑袋低垂着。

贝儿来到了脚手架的最高处，这里离天花板那么近，她几乎可以碰到亚当。每次听到有人说米开朗琪罗躺着画画，莫尔总是很生气。他明明是站着画的！她一边辩解，一边高高举起胳膊，歪着头。这会儿，贝儿也伸长了胳膊。世界上有多少人能在四英尺这么近的距离看亚当？能这么近看他伸手摘苹果？

莫尔的手机怎么会坏呢？

这会儿，拉斐尔正看着一个拿着卷轴的年轻女人，提灯随着他的呼吸来回晃动。贝儿也认识那个人物，莫尔的书桌上方就贴着她的海报，她是古希腊的一位先知。贝儿很喜欢她看起来那么强壮，那么美丽。但是，那个女人一副忧心忡忡的样子。能看得出来，她真的预见到了未来。她要怎么提醒大家呢？她会怎么说呢？

莫尔发生了什么事？

拉斐尔慢慢地放下提灯。

在贝儿的头顶上方，画中的情景继续着，天使将亚当和夏娃驱逐出了伊甸园。亚当把脸转开了，他甚至不敢看伊甸园。他好像在说："对不起，我搞砸了。我知道我错了。"

拉斐尔跪倒在地，灯光摇晃起来。

如果米开朗琪罗死了，所有这些画都将被覆盖。

"很抱歉，您所拨打的号码已停机……"

米开朗琪罗若在现在死去，就不会变老。那样的话，莫尔便不会去罗马做有关他的研究，也就永远遇不到妈妈了。

一阵粗哑的喘息打破了沉寂，是拉斐尔，他竟然在哭。

"你会让一切都好起来的。"巴泽小姐曾这样说过，那时候，巴泽小姐至少还有一幅画和一座房子。

可是……贝儿把一切都搞砸了。

第二十九章

每一个姿态都很重要

费德里科坐在旅馆里，双手抱着头。他失败了。米开朗琪罗再次启程前往佛罗伦萨了。即使是现在，费德里科也能听到他咆哮着找人给他备马。

费德里科的人生就这样结束了。贡萨加家族会遭遇什么呢？赫伯特的书里说的是家族走向了终结。教皇不光会夺走曼图亚和贡萨加城堡，还会把他母亲收藏的艺术品据为己有，对于他父亲，教皇即便不要他的脑袋，也会剥夺他的头衔……费德里科不忍去想他们的脸上将露出怎样失望的神情。他胸中的羞愧已经像火一样燃烧起来了。

他的胳膊受伤了。在今晚之前，费德里科还是个孩子，受了这样的伤，他一定非常激动。他会向佩德罗先生吹嘘，还会让西莱斯特细心照顾自己。可是现在，他一点儿也不在乎，甚至都不愿意把袖子往上拉。

浑浑噩噩之间，他想起了朱诺，也不知它在哪儿。他只是想要一个朋友而已。可现在看看，事情竟然一发不可收了。

在他身后，一扇门开了。并不是米开朗琪罗回来折磨他了，那样反倒好了。“打扰一下，先生，还有什么需要吗？”

“没有了。”费德里科拨开挡在眼前的头发，“但谢谢你。”

说话的是一个姑娘，她的上衣满是面粉。她是面包师的女儿，身上散发出新鲜的面包香味。“不客气，先生。”

费德里科看着自己溅满鲜血的衬衫和肮脏的双手，他的无袖外套已经脏得看不出上面的刺绣了，他没戴帽子。马夫说他是个名副其实的乞丐。我不听乞丐说话，米开朗琪罗曾这么讥讽他。“你叫我先生。”他喃喃地说，几乎是自言自语。他这辈子从来没有像现在这样有失绅士的体面。

“不管是谁，我都称呼他们为‘先生’，先生。这让他们觉得自己很特别。”她行了个屈膝礼，那样子和贝儿鞠躬一样难看。贝儿也会犯这样的错，会把信使称为先生。

费德里科低下了头。那并不重要，这个女孩如何称呼平民或贵族并不重要。他最终会成为一本没人读的书里的一句话。将来的人并不看重阶级地位或与生俱来的权利。赫伯特还收养了一个乞丐！贝儿甚至不知道贡萨加这个姓氏。她只关心画家。

他抬起头来。

她只关心画家……以及画家创作的艺术。

“请问，”他喊道，“如果真的有人很特别呢？”

“我不知道，先生。”面包师的女儿紧张地朝厨房瞥了一眼，在围裙上揩了揩双手。

费德里科站了起来，希望像鸟儿一样在他胸中飞舞。“如果真有特别的人来这里了呢？如果你必须侍奉法国国王呢？”

女孩先是看看低矮的横梁，接着目光转向粗糙的地板。“我不是……我不知道……他肯定不会来……”

“假如他来了呢？”费德里科从口袋里掏出一枚戒指，塞到她手里，“我需要一顿丰富的饭菜。你能做到吗？我需要你这里最好的食物，我需要蜡烛，我需要桌布……”他张开双臂，“我需要讲究的排场。”

“法国国王？”她看上去一脸茫然，“我们没有任何准备。”

“你们必须有。”厨房里总有饭菜，尤其是在旅馆。“奶酪、意大利腊肠，储藏室里有什么就上什么，水果、坚果、面包。”他朝她一摆手，“快去！”

“面包需要放凉了才能吃，先生……”

“不，不需要。”费德里科跑了出去，“大师！”如果米开朗琪罗已经离开了呢？那他的计划就无法实现了。

不过米开朗琪罗并没有走。他脾气太臭了，所以没走成。他站在马厩的院子里，挥舞着一枚硬币。“这可是一大笔钱。还不快拿着！”

“那不是佛罗伦萨的硬币。”马夫也朝他吼道。

“大师！”费德里科跑在他们中间，“大师，请回里面去吧。”

“为什么？”米开朗琪罗厉声说，“我为什么要听一个捣蛋鬼的话？”

费德里科递给马夫一枚戒指，那是镶着琥珀的金戒指，来自波罗的海。“看到那匹小母马了吗？请像对待女王一样对待它。”他转身面对米开朗琪罗，“请吧，大师。里面有现烤的面包。”

“我不喜欢面包。”

费德里科轻轻地推着他向前走。“我有个故事要告诉你，你会喜欢的。”

“不可能。”米开朗琪罗皱着眉头说。

“那是一个真实的故事，而且是关于你的。”

米开朗琪罗假装不感兴趣。“是八卦消息吗？”

“恰恰相反。那是一个预言。”他抓住米开朗琪罗的一只胳膊，就像抓住一棵橡树，“可以吗？”

“预言。哼。”尽管这么说，米开朗琪罗还是由着费德里科哄自己进了屋。

这会儿，房间里点上了蜡烛。桌上放着一盘奶酪和香肠，还有一罐葡萄酒和几串葡萄。他们进来时，面包师的女儿正端着两个碗出去。“这是昨天做的炖菜，”她结结巴巴地说，“给马夫吃的……”

“闻起来香极了。”费德里科向她保证，带着米开朗琪罗走向椅子。他自己坐在一张凳子上。每一个姿态都很重要。

米开朗琪罗闻了闻炖菜。“有叉子吗？”这个吹牛大王，竟然还要叉子。费德里科饿得前胸贴后背，他会像狗舔碗一样把食物都吃光。

“给你，先生。”姑娘回答，“我去拿面包，还有甜瓜……”

“请再拿点儿火腿。”费德里科是为了给自己吃，以防万一。奶酪是一种带皮的绵羊奶酪。他把奶酪切成片，把第一片递给了米开朗琪罗。每一个姿态都很重要。

“你想说什么故事？”米开朗琪罗吃下一叉炖菜，问道。

费德里科吃了一口炖菜。他一生中从没吃过这么美味的食物。“我认识的那个女孩，她是……”

米开朗琪罗给自己倒了酒。“她是疯子，她是一个女孩。”

“她才不疯。”费德里科停顿了一下，“她知道很多事。

她知道未来。”

“嗯。”米开朗琪罗抿了一口酒，“你的意思是她是先知？”

费德里科字斟句酌。“想想五百年前吧。我们了不了解当时的情况？反正我不了解。我是知道大诗人维吉尔也会拉丁文，但 1011 年的教皇叫什么名字？当时的时尚如何？法国国王是谁？”

米开朗琪罗皱了皱眉。他摇摇头。

“没错。五百年后，我们都将被遗忘。一位伟大的曼图亚公爵将成为一本书中的一行字。一切都将化为尘埃。”

米开朗琪罗把香肠切成片。“这是一次愉快的对话。面包呢？”

费德里科递给他一条面包。“但那个女孩来自未来。她见过五百年后的罗马……罗马城。她参观过西斯廷教堂。她见过你的穹顶画，而且是完成了的，堪称辉煌壮丽。”

米开朗琪罗暂停了手里的动作。“穹顶画？”他放下面包，“完成了的？”

费德里科点点头。“她看过，和她一起参观的还有很多学者，来自世界各地的游客也看过。很多人从比中国更远的地方前来朝圣。那些国家我们甚至都没听说过。所有这些人都渴望看到你的穹顶画。所有的人都抬头看，凝视天花板。每个参观者所说的话都是一样的。”

沉默在他们之间蔓延。桌上的蜡烛行将熄灭，壁炉里只剩下一团余烬。夜色笼罩了窗户，仿佛黑暗也在倾听。

“大师，他们说的是……”费德里科推开空碗，“他们说的是米开朗琪罗。”他把刀子擦干净，插入刀鞘，“反正之前是这样的。”他站了起来，“现在他们再也没有机会这么说了。”

米开朗琪罗坐在那里，全身紧绷得就像一块大理石。

费德里科大步穿过旅馆。在他身后，米开朗琪罗沉默不语。他会在乎吗？他有没有听到他的话？费德里科不能问。每一个姿态都很重要。

他在门口停了下来。“再见，大师。愿你在佛罗伦萨交好运。”他随手把门关上。“马夫。”他大声喊道，万一米开朗琪罗正在听呢，万一他骄傲到想要通过作品让自己永生呢，毕竟这位雕塑家是费德里科在一座沉迷虚荣的城市里认识的最虚荣的人，“马夫！我要一匹马，可以吗？我要回罗马了。”

第三十章

花孔雀和刽子手

贝儿躺在脚手架上抽泣，她的心碎成了无数的碎片。在她头顶的天花板上，亚当慢吞吞地走出伊甸园，脸上写满了绝望。但他的伤心及不上贝儿。“莫尔！”她叫道，可莫尔听不到。莫尔甚至都不知道这世上有贝儿这么一个人。

在她下面的脚手架上，拉斐尔也哭了。

“很抱歉，您所拨打的号码已停机。”人们穿越时光回到过去，就会发生这种事。他们会毁掉未来。贝儿多笨啊！

“天才呀！”拉斐尔哭着说，“真是天才呀，相比起来，我算什么呢。”

如果贝儿没有走进衣柜，弗雷德可能还在罗马，而不是搞得瑞士卫兵惊慌失措。他可能去追米开朗琪罗了。

弗雷德会死吗？

“我为什么要为此烦恼呢？”拉斐尔恸哭道。他说得倒容易，只是做起来很难。

至少弗雷德能做些什么，贝儿痛苦地想。意识到这一点，她感觉更糟了。他才不会只躺在那里哭鼻子。

她用袖子擦了擦眼睛，她还希望能擤擤鼻子。她也应该做点儿什么，也该出一份力。虽然不能去追米开朗琪罗，但她必须做点儿什么。

她可以弄到那幅画。

贝儿眨了眨眼睛。如果她得到了那幅画，巴泽小姐的壁炉上方就不会空着了，也许那样一来巴泽小姐就没事了。也许莫尔会研究这幅画……她也说不清！但是，做点儿事，总比什么都不做的好。她必须试一试。

她坐了起来。“打扰一下。”哭过的声音很沙哑，“打扰一下，大师。”她爬下脚手架朝他走去，也是朝着墙上画着的美丽先知走去。

“怎么了？”拉斐尔沮丧地问道。

贝儿蹲在他旁边。“我很抱歉……但你……你还是得画我。”

拉斐尔恶狠狠地看了她一眼。“我没有天分。你没看到吗？”

“但你必须这么做。”贝儿咬着嘴唇，强忍着眼泪，“你答应过的。如果你不画……”她停顿了一下，试图找到合适的措辞，“你不画，那可就糟了。”

“我的确糟糕。”拉斐尔指着天花板嘲笑道，“看看那些画吧！我太糟糕了。”

“不，我不是说你糟糕……”不过他是对的。他要是足够好，现在就会把她画出来。她要是足够好，就得想方设法让拉斐尔给自己画画。

“我不能。”拉斐尔说着，转过身去。

贝儿坐在那里。她不知道还能做什么。

拉斐尔回头怒视着她。

“求你了？”

拉斐尔叹了口气。“好吧。”他砰的一声打开包，“反正已经无所谓了。”

贝儿也觉得可能无所谓了。但他们必须试试看。

她看着拉斐尔拿出素描本、墨水，以及一盒笔。贝儿小时候常常拿着一盒蜡笔坐在莫尔的办公桌前，莫尔打字，她就画画。“我也在工作。”贝儿边涂色边说。这是贝儿喜欢莫尔的先知海报的原因之一，海报是五颜六色的，有橙色，绿色，还有蓝色，就跟蜡笔画一样。

一滴眼泪从她的脸颊上滑落。可怜的弗雷德，她心想。

他有一年没见过母亲了！但至少弗雷德知道他母亲好好地活在人世，至少他可以回家了。

除非他死了。

拉斐尔伏身画着。他的笔在纸上来回移动，沙沙作响。

但如果拉斐尔的画没起作用呢？如果他现在画的不是巴泽小姐家那幅呢？如果这幅画只帮了巴泽小姐一个人呢？所有这些恐惧在她脑子里打着转，一圈又一圈……

她的后背有些疼。感觉她在闪烁的灯光下已经坐了一辈子那么久了。

突然，火焰熄灭了。一束阳光照在教堂远处的墙上。先知的橙色长袍和蓝色头巾栩栩如生，红润的脸颊像刚画出来的。阳光照射在她忧虑的眼睛上。

“画完了吗？”贝儿问。她非常想念莫尔。

“差不多了……请抬起下巴。”拉斐尔端详着自己的作品。

阳光越来越亮。“我真的很想回家。”

“嗯。”

“这幅画……”她几乎难以开口，“画得好吗？”

“不能说好。”他得意扬扬地递过速写本，“简直是精妙绝伦。”

贝儿深深地吁出一口气。就是这幅画：浓密的睫毛，下垂的嘴角，还有脖子上的划痕，那颗痣也在。“是我。”画里的人看起来那么伤心！“棒极了。”

“我知道。”拉斐尔瞥了一眼天花板，“世界上最好的艺术？”他哼了一声。

不过还是少了些什么。“你得签上名字。”

“当然。”他用笔蘸了蘸墨水，“给你。”他把画递给了贝儿，“如果你想要的话，这个速写本也给你。”

“真的吗？”贝儿把速写本抓在胸前。

“我还有很多。”他麻利地把绘画工具装进了提包，“可以走了吗？”他小心翼翼地爬上梯子，提灯挎在他的胳膊上。“色彩感真特别。”他喃喃说着，一边望着天花板，一边往下爬。

贝儿叼着速写本，跟在后面爬了下去。她永远也不会松开速写本。

拉斐尔咯咯笑着往下爬。“你知道列奥纳多·达·芬奇怎么称呼米开朗琪罗吗？面包师。因为他总是满身灰。当然是大理石灰，不是面粉。不过还是很有意思。”

贝儿来到了地面上。她必须立即去衣柜！

拉斐尔在地上踱来踱去，仍然抬着头。“甚至都没有人物胡乱堆砌的感觉……”他挥手示意贝儿走出大门，他锁上了门，把钥匙递给她，“想必这钥匙是费德里科爵士的吧？”

“谢谢你。”贝儿心不在焉地说。长廊怎么走？要从那道拱门过去吗？

“多么奇妙的经历。”拉斐尔走到她身旁，伸出胳膊搂住她的肩膀，“不过我肯定我能画得更好。”一群穿着工作服的人经过，拉斐尔叫他们的名字，向他们打招呼，他深情地摇了摇贝儿，“你知道我们在画室里叫米开朗琪罗什么吗？刽子手，因为他穿黑色的衣服，还总是独来独往。啊，他真是个天才。这对我们来说是多大的折磨啊。”

贝儿麻木地点了点头，一直紧紧抓着速写本和钥匙。

他们来到施工现场，各个房间里已经挤满了画师。“朱里奥！”拉斐尔喊道，他终于放开了贝儿，“我对画人物有一个绝妙的想法。你觉得这个姿势怎么样？”

就是那扇门，门的另一边就是长廊。贝儿狂奔过去，以免拉斐尔、瑞士卫兵或是1511年的任何人再把她抓住。她必须回家！她用力拉开门，飞快地奔向衣柜。

如果衣柜不管用了怎么办？不要这么想……

远处有一扇门砰地关上了。“贝儿？”一声呼唤后，响起了奔跑的脚步声。

“弗雷德？”她虽然满心忧虑，却还是笑了。那是弗雷德！

“贝儿！”他咚咚咚地穿过长廊，进入了视野。哇，他身上很脏，满脸都是灰尘，袖子是棕色的……

“那是血吗？”贝儿气喘吁吁地说，“你还活着！”

“真高兴你在这里！”弗雷德张开双臂，高兴得大笑起来，“我和米开朗琪罗一起骑马，骑了好几个钟头才回来。他一路上都在嫌钱少。”

“他也活着？”贝儿给了弗雷德一个熊抱，“你看……”她把速写本拿出来掀开，“看看这个。”

“啊！”弗雷德喘息着说，“他画了。”

贝儿把速写本塞进他手里。“他还签了名字！拉斐尔。我看着他签上去的。”多么美好的一天啊。天空悬在他们头顶上，像一只华丽的蓝色大碗，清晨纯净的阳光洒满了大地。鸽子在树上咕咕叫。她把西斯廷教堂的钥匙塞进弗雷德的刀鞘里。“这个给你。”

弗雷德目不转睛地看着那幅画。“太美了。你认为这对于巴泽小姐来说够了吗？”

“我想是的”。贝儿的笑容消失了，“嗯……”她吞了吞口水，“我们怎么才能把画交给她呢？”

“你就像这样交给她呀。”他示范道，“需要你的前臂做一定的动作，但经过练习并不困难。”

“哈哈。我的意思是，要怎么把画放在巴泽小姐家呢？我总不能拿着画走出衣柜吧？”等她回去，壁炉上方依然还是空白的。

“嗯。”弗雷德皱起了眉头，“赫伯特告诉过我，他是在曼图亚的一个箱子里找到画的。”

他们一起走着，思考着这件事，很快走到了壁橱边上。

“这么说，赫伯特去过曼图亚。”贝儿叹了口气，“他发现了一个箱子，里面有一幅画。你知道，这倒是常有的事。”

“然后，他把箱子改造成了壁橱。”费德里科没有理会她的讽刺。

“是衣柜。”贝儿纠正道。衣柜就在他们面前，她太想走进衣柜穿越回去！但她不能。他们必须先把事情弄明白。

弗雷德瘫坐在木板堆上。“这件事搞得我头昏脑涨。”他举起画着贝儿的速写本，“我该怎么办？把这个送到曼图亚去？”

“也许吧。”贝儿无助地耸耸肩，“你可以做一个箱子，再把画放进去。”

“然后盼着赫伯特能在四百年后找到它？”

“我想是的。你是曼图亚的老大，对吗？”

弗雷德看着她，他点了点头。他把速写本夹在腋下，挺直肩膀，抬起下巴。他看起来真像个武士。“那就这么办。我会做到的。在此期间，你可以给我带些花生来。”

“非常有趣。”啊，他不是在开玩笑，“你不是在开玩笑。”

“花生？当然不是。”弗雷德站起来，他鞠了一躬，打开了柜门，“小姐，请吧。”

“谢谢。”贝儿鞠了一躬，这次还不错，她心想，“午夜见，好吗？”

“当然。”弗雷德笑了。

贝儿停在衣柜门口，打了个响指。“等等，你是不是还需要别的东西？动物什么的？山羊可以吗？”

弗雷德的笑容加深了。“我想你知道。”他紧紧地抱着速写本，“还有巧克力。别忘了。”

“不会的。”贝儿说，“再见。”她走进了衣柜。

第三十一章

开始和结束

壁橱门咔嗒一声关上了。

费德里科轻轻地打开门，只是为了检查一下。空的，这是当然。“深夜再见。”再过多少个钟头，他才能再见到朱诺和贝儿，才能再吃到巧克力！他已经开始想念他们了。他打了个哈欠，轻拍了一下速写本。能帮助五百年之后的巴泽小姐，感觉真好。他需要一个箱子才能把画交给赫伯特，这还真是个难题。然而此刻，他最需要的是好好睡一觉……

宫殿门突然开了，教皇大步走了过来。“密探？”他回头吼道。

伯拉孟特快步跟在后面，后面还有几个工人。“教皇陛下，我可以解释……”

教皇转向伯拉孟特，气得脸都紫了。“你在我们的宫殿里安装了一台密探用的机器？”

伯拉孟特瞥了一眼壁橱，无力地笑了笑。“但那机器根本没用。”焦急之下，他把钥匙弄得叮当作响，“就连我亲爱的朋友达·芬奇也这么说……”他冲工人们打了个手势，“来吧，各位。为了教皇陛下，也为了罗马，毁掉这个装置吧。”

“不！”费德里科向前一跃，“不可以！绝不可以！”

“拆完之后烧掉。”伯拉孟特补充道，他一直看着教皇。

“求你了。”费德里科护在壁橱前，“求你了，教皇陛下。这东西对我来说很特别。”他跪了下来，拽着教皇的长袍，“把它给我吧，我来保存，我确保它不会有危险。求求你了。”

教皇抽出自己的长袍。他不愿看费德里科。“我们不能容忍密探。”

“太对了。”伯拉孟特宣称，“各位，把这东西拆毁。”

“不要！”费德里科哭喊道，可惜太迟了，工人已经扯掉了柜门，“不！”

“他怎么跟个孩子似的！”教皇厌恶地说，连忙退开，“我们不喜欢孩子。”他急忙退回宫中，“这叫声让我们很难受。我们得赶快吃午饭，让肚子舒服一下……”他挤进了大门。

工人们把壁橱拆成了一块一块。

费德里科看着这一幕，简直伤心欲绝，甚至都无法呼吸了。

“我别无选择。”伯拉孟特竭力装出一副无辜的样子，“不然，我的脖子就要被按到垫头木上了……”

宫殿的门再次砰的一声打开了。米开朗琪罗跺着脚走过长廊。“嘿，讨厌鬼！”

“把活儿干完。”伯拉孟特命令道，没有理会米开朗琪罗的咆哮。

费德里科抓住米开朗琪罗的胳膊。“求你了，大师！你必须阻止他们。”

米开朗琪罗甩开他的手。“花孔雀去过我的脚手架。”他说，“我能闻到他的气味！”

“快点儿，各位。”伯拉孟特双手一拍，“现在把碎片收起来烧掉。”

费德里科呆呆地盯着木板，那简直就像把他的心丢在地上蹂躏。

“是你让他进去的吗，讨厌鬼？”米开朗琪罗吼道，“是你把钥匙给他的吗？”

钥匙。

费德里科悄悄地把手伸向腰带。

他用手握住冰冷的金属，从刀鞘里拿出钥匙。他没有把整个钥匙都拿出来，只抽出一点儿，刚好可以被伯拉孟特看见。

伯拉孟特用手拍了拍钥匙圈。他盯着米开朗琪罗的拳头，脸上顿时没有了血色。

“你怎么了，讨厌鬼？”米开朗琪罗怒吼道。

“没……没什么。”伯拉孟特努力地吞了吞口水。

费德里科甜甜地笑了。他母亲说他拥有天使般的微笑，有时这一招在她身上确实好使。“伯拉孟特大师？请不要烧掉壁橱。”

“你说得对……没这个必要……”伯拉孟特对工人们摆摆手，“这里没我们的事了。这么晚了，我们走吧。”他带着他们朝宫殿走去，一边走，一边擦着额头上的汗。

米开朗琪罗环顾着空荡荡的长廊。“真奇怪。”

费德里科盯着散落的木片。“大师？”他问道，“你会做壁橱吗？”

“壁橱？”米开朗琪罗嘲笑道，他朝墙上的壁龛走去，“我是一个艺术家，世界上最伟大的艺术家！他们在中国也谈论我。我才不做壁橱。”他摇摇头，打开了工作室的矮门，“我知道那只花孔雀在窥探我。我一定会证明的。”他沮丧地瞪了费德里科一眼，走进了工作室。

长廊里只剩下了费德里科一个人，他瘫倒在地上。他怎样才能再见到朱诺和贝儿呢？他在世上只有他们两个朋友。他们是他真正的家人。他知道，绅士不该掉眼泪。但此时此刻，他只是个孩子，心碎了，还失去了朋友。

有脚步声走近。来人的步子很重，却张弛有度。“阁下。”这个人拥有大海一样深沉的声音。

费德里科擦了擦眼睛，费力地抬起头来。

那个高大的瑞士卫兵站在他面前。“我很高兴终于找到你了。”

费德里科擦了擦脸颊。“你找到我了？你一直在找我？”

“是的。你的保育员很不高兴。”瑞士卫兵靠在他的剑上，“她以为你在决斗中死了，要不就是被海盗绑架了。她说了很多话。”

费德里科的嘴角漾出一丝微笑。“西莱斯特？这样描述她，倒也不错。”

卫兵蹲在费德里科旁边，盯着那堆乱糟糟的木头。“这是什么？”

“以前是个壁橱。”费德里科的声音都嘶哑了，“现在我不知道它是什么。”

“你想要它成为什么？”卫兵用他的大手拿起一块木板，

他闭上一只眼，注视着木板边缘，“你知道，我是个木匠。”

费德里科盯着他。“木匠？”

卫兵指了指自己的制服。“干这差事酬劳多。不过是的，我的本行就是木匠。”

“你用木头做东西？”

“想必这就是木工活儿的定义。”

仿佛一缕阳光穿过乌云一般，一个想法在费德里科的脑海里闪现。他倒吸了一口气。“你能把这些木头做成一个大箱子吗？”

卫兵耸了耸宽厚的肩膀。“我在比你小的时候就能做箱子了。你就这一个要求吗？要不要一把好看的锁？要不要暗格？”

费德里科直起身来。“暗格？你会做吗？”

“我是瑞士人。”

费德里科慢慢地拿出速写本。“这是拉斐尔给我的。你能把它藏起来吗？”

卫兵点了点他那硕大的脑袋。“没有问题。”

费德里科坐回原地。“对不起，我还不知道你的名字。我叫费德里科·贡萨加。”

卫兵用一只大手握住费德里科的手。“很高兴认识你。我是弗朗茨·乔瓦尼……”

他们旁边的木头突然动了。费德里科吃惊地跳了起来，弗朗茨也吓了一跳。

仿佛从远处隐隐约约传来一声哀号：“喵。”

“朱诺！”费德里科戳了戳那堆木头，“请帮帮我。”

弗朗茨弯下腰，从地上捡起木板。一只猫出现了。它长着一对琥珀色的眼睛，毛色很像狮子。“喵。”它甩着尾巴抱怨道。

“朱诺！”费德里科抱起它，转起了圈圈。

弗朗茨抱着满怀的木头，皱起了眉头。“它是从哪儿来的？”

“它是朱诺。”费德里科挠着它的脖子解释道，朱诺很有礼貌地接受了，不过它还是盯着那个卫兵，“朱诺，这是弗朗茨。”

“喵。”它的声音听起来很高兴，足够高兴。

“这是什么？”弗朗茨凝视着地板上的一个细长盒子。

“巧克力！”费德里科放下朱诺，抓起盒子，“你也吃一点儿吧。”

弗朗茨将信将疑地尝了尝。“我们在瑞士没有这个。”

“真该有。”费德里科往嘴里塞了一块巧克力，“美味极了。”

“真好吃。”卫兵一边细细品味着，一边说，“你知道的，阁下，你似乎经历了不少冒险。”

费德里科点点头，确实如此。

“你的小厮说这事儿说来话长。有一天我也想听听。”

“我的小厮？啊，你是说贝儿。她……他……回自己的家乡去了。”他把巧克力咽了下去，“我原以为他会回来，可现在……”他忙着捡起散落在地板上的小镜子，塞进上衣里。这比试着说话容易多了。

“对不起，阁下。”卫兵严肃地说，“失去朋友，的确很难过。”他把一抱木头靠墙放好，整齐地堆在施工木料旁边。

朱诺沿着长廊向公馆跑去。“喵。”它回头叫道。

“它的想法是对的。”弗朗茨一边说，一边还在收集木板，“在西莱斯特说更多话之前，你应该回房间去。”

费德里科小心而缓慢地收集起玻璃球和那个装满水的球。是的，他有朱诺，还有这些玻璃球，简直不可思议，玻璃球居然完好无损。但是，一想到公馆，想到西莱斯特，想到摆在他前面的空虚生活，他就受不了。“你能送我去吗？”在孤独将他淹没之前，能有人陪几分钟也是好的。

弗朗茨把壁橱的最后一块木头整齐放好。“这是我的荣幸。”

他们出发了，朱诺在前面领路。弗朗茨清了清嗓子。“阁下，看见你，我想到了一个有趣的话题。”他指了指费德里科血迹斑斑的袖子，“我相信你也许需要一个保镖。”

“保镖？”费德里科没听明白，“你认识什么保镖吗？”

“也许吧。我认识一个木匠，他在瑞士卫队的差事快做到头了。”

“那么，我应该和他谈谈。”费德里科小心翼翼地不露声色，心却像个小丑一样在翻滚。这个了不起的人竟然主动提出为他工作？就像贝儿常说的，哇。

我依然拥有贝儿，他意识到这一点，高兴地笑了。她一直在他的心里。

“我相信我可以安排你和那个木匠卫兵见个面。”弗朗茨的胳膊在费德里科旁边摆动着。

“我很乐意。”费德里科若无其事地握住了卫兵的手，那是一只粗大的手，由于长期的辛劳而长满了老茧。幸福的感觉油然而生，他这辈子从未感到如此安全。

“顺便问一下，那女孩怎么样了？”

“你是说巴泽小姐？”费德里科想起了贝儿，也想起了他很关心的赫伯特。他低头看着那盒巧克力，那是专门为他藏在壁橱里的。生活，似乎已经解决了巴泽小姐的问题。他笑了。“我想，我们救了她。”

第三十二章

拍　卖

贝儿从衣柜里走了出来。“朱诺？”她低声说。

赫伯特的办公室里非常安静。没有猫叫声，没有爪子走路的声音，没有红色的指甲伸进来。只有衣柜、书桌和昏暗的天花板灯。

她又走了一步。桌子上依然满是灰尘，除了灰尘，还有死苍蝇，百科全书，电话，写着“时间不曾流逝”和“猫是如何移动的？”的笔记卡，日历，一幅老式版画，画着一个穿着蓬松外套的男人和一只狗……

等等，上次那里没有版画。贝儿眯起眼睛看着说明文字，有很多字，都是用草写体字母写成的。还有一个名字：提香。

提香是谁？

书柜传来一阵声响。她猛地转过身。“朱诺？”她叫道。

她深吸一口气，慢慢地打开了书柜。拿剪贴板的女人不在！那个男人也不在。

贝儿的肩膀松弛下来，她太放松了，有那么一会儿她几乎都站不稳。

但是，等等，书架上并没有灰尘。这里以前落满了灰。现在架子上很干净，地板也很干净。有很多不同的声音传来！有碰杯声，还有窃窃私语声。

贝儿紧紧地闭上了眼睛。她就快做到了。她现在该怎么办呢？

“贝儿？”

她抬起头来。

“贝儿特丽斯·罗塞蒂·布利斯，我的宝贝呢？”

“莫尔！”贝儿狂奔下楼梯。莫尔！她就站在卧室旁边，一头卷曲的黑发，脸上挂着灿烂的笑容，手里拿着一个小盒子。

“你在干什么呢，大黄蜂？你在上面待了有一会儿了。”

贝儿扑进了莫尔的怀里。“你在这里！”

“你认为我会错过外婆的大日子吗？”她揉了揉贝儿的头发，“小心。你怎么弄得这么脏？”

“你在这里。”贝儿紧紧地搂着她，闻着她身上的肥皂味、书本味和所有莫尔的气味，莫尔回来了，无所不知的莫尔，“提香是谁？”

莫尔笑了。“他是十六世纪的画家。凡是重要人物，他都给他们画像。”

“等等，他是个画家？”贝儿还以为画里的人是提香呢。

“是的。”莫尔拉了拉贝儿的上衣，“看，这是什么？”

贝儿看见了莫尔手里的盒子。“等等，那是……？”

“用来庆祝的。你那是什么表情？好像你从没见过糖果一样。”

“谢谢你！在这儿等我，好吗？”贝儿跳上楼梯，经过书架，把盒子放在衣柜里。盒子里装的是花生巧克力。“好好享受。”她低声说。她稍后会向弗雷德解释。

她俯身向办公桌，打量着那个穿着蓬松外套的男人。那是一幅版画，上面用草书写着一行字：

曼图亚的费德里科二世·贡萨加公爵。原画作者提香。

“弗雷德。”她用手捂住嘴小声说。他是个大人了，留着胡子，穿着一件满是刺绣的外套，手上戴着很多枚戒指，身边有一只白色的小狗。他的眼睛闪闪发亮。

“大黄蜂？”莫尔叫道，“你上哪儿去了？”

“我来了！”她冲下楼梯。

“怎么了？”莫尔擦了擦贝儿的脸颊，“你在哭吗？”

“没什么。”她僵住了，又是那个声音，有点像“噢噢”声，“那是什么？”

莫尔咯咯地笑着，搂着贝儿走下楼梯。“你真有趣。”她用手指抚摸着贝儿的衣领，“大黄蜂？这是手工缝制的。”

“不是的。”贝儿呻吟道。整栋房子都很干净！还有很多人。一群穿着奇装异服的人在前厅里。而且……

“妈妈！”贝儿跳下最后一级台阶去拥抱她，“我爱你，我爱你，我爱你……”

“我也爱你，蜂后。”妈妈笑了，“现在安静一点儿。”

还有餐厅！现在那里挂着白色的窗帘，墙壁也是新粉刷的。有二十来个人站在那里，都盯着桌子上的一部手机。一个打着领结的男人吃惊地看了贝儿一眼。

妈妈拥抱着贝儿，对他咧嘴一笑。“太像了，是吗？”

他点了点头，目瞪口呆地看了贝儿一会儿，便慢慢地转过身，去看那部手机。“迪拜有人出价。”一个带着英国腔的声音说，“现在的竞价是四百八十万。”

妈妈捏了一下贝儿。“真不敢相信你竟然溜了。你差点儿就错过了。”

一个穿蓝色裙子的女人盯着贝儿。“你说得对。”她告诉妈妈，“确实很像。”

她旁边的男人摇了摇头。“就好像拉斐尔真的见过她。被送去博物馆的感觉如何？”他问贝儿。

发生了什么事？

“请允许我提醒各位观众……”手机里又有人说话了，“这是多年来发现的第一幅拉斐尔署名作品……”

贝儿瞥了一眼壁炉上方的墙，那儿是空的。她倒吸了一口凉气。

不过，有件东西曾经挂在那里。墙上还钉着一颗钉子。灯光从天花板上倾泻下来。一位老妇人站在壁炉前，她年纪很大了，还拄着手杖。她穿着一条粗花呢短裙，搭配一件粉红色的夹克，弗雷德肯定喜欢她这身装束。

“请不要鼓掌。”手机里有人说。

老妇人涂着口红，穿着闪亮的黑色鞋子，鞋子上有粉红色的蝴蝶结。

“大都会艺术博物馆，”手机里传出声音，“出价五百万美元。”餐厅里的每个人都倒吸了一口气。戴领结的人捂住了脸。

厨房里传来一个声音：“喵。”

贝儿周围的人都吓了一跳，但她没有。她现在已经很熟悉朱诺了。“嘿。”贝儿笑了，“欢迎回来。”朱诺一定是从猫洞进来的。

朱诺绕着贝儿的腿，眨了眨带着黑线的眼睛，看着她。它的尾巴在空中画了个笑脸。“喵。”它的意思是：很高兴再次见到你。

“那只猫在这里做什么？”打领结的男人恶狠狠地说，“我过敏！”

老太太把一只手放在他的胳膊上。她的皮肤很薄，青色的血管都显露了出来。“别担心。它属于这里。”

“喵。”朱诺表示同意，慢吞吞地上楼去了。贝儿转过身来看着它。

“你怎么认识那只猫的？”妈妈搂着贝儿问。

“我就是认识。”贝儿咧嘴一笑。“猫是怎么移动的？”她低声对自己说。朱诺知道自己要去哪里。

“盖蒂博物馆将竞价提高到了六百万。”

“喵。”朱诺在楼梯平台上叫。它是在道别。

老太太拄着手杖向前探身，想看清楚。“再见，朱诺。”她喊道。

莫尔抚平了贝儿的短上衣。“说真的，大黄蜂。你在哪儿找到这个的？”

“这事说来话长了。那真的是巴泽小姐吗？”

妈妈笑了。“这么多年过去了，你还是这么称呼外婆吗？”

老太太看着贝儿。她的目光顺着贝儿那件脏兮兮的白衬衫向下看去，那是一件老式的衬衫。接着，老太太看着贝儿别着小刀鞘的腰带、灰色絮棉短上衣、紧身裤和内置的鞋子。“贝儿特丽斯。”老太太低声说。即使有那么多人，贝儿也能听到她的声音。

手机里的声音提高了。“一次，两次……”

突然，贝儿的眼里充满了泪水。

妈妈紧紧地抱着她。“你没事吧？”

莫尔探过身来。“遇到什么麻烦了吗？”

“是的。”贝儿擦了擦眼睛，“但我已经搞定了。”

老太太举起茶杯，向贝儿致敬，就像屋子里只有她们两个人。“谢谢！”她低声说。

“成交！”手机里有人喊道。

“成交？”妈妈喊道，“成交了？”她张开双臂搂住了莫尔。莫尔在尖叫。穿蓝裙子的女人拥抱着身边的男人，疯狂地欢呼。餐厅里的人全都尖叫起来。打领结的男人擤了擤鼻子。

可是巴泽小姐没有动。不，她是外婆。她一直注视着贝儿。“你让一切都好起来了，贝儿特丽斯。”她小声说，这是她们的秘密，“你让一切都变得那么美好。”

后　记

费德里科二世·贡萨加是个真实存在的人物，1500年出生在小小的曼图亚（现属意大利），住在一座有五百个房间的城堡里。从1510年开始，作为教皇尤利乌斯二世的人质，他在罗马待了三年。他们两人成了朋友，这个孩子甚至在老迈的教皇患疟疾时照顾他。费德里科的母亲伊莎贝拉·德埃斯特是欧洲最伟大的艺术收藏家之一，她给费德里科和他的老师写过很多信，信中态度专横。1513年教皇去世后，费德里科回到曼图亚，于1520年成为公爵。

在《雅典学院》中仍然可以看到拉斐尔为费德里科画的画像，就是画面左边的卷发男孩。（对于这个男孩是否真是费德里科一直存在争议，但我肯定就是。）画家拉斐尔英俊、迷人、诙谐，经常有一群学生和崇拜者围着他转。每个人都喜欢他……米开朗琪罗除外。这两个人一见面就说粗话，通常是拉斐尔占上风。他还称米开朗琪罗为刽子手。传说拉斐尔从建筑师伯拉孟特那里借来一把西斯廷教堂的钥匙，打着火把偷偷溜进去研究天花板上的画。据我所知，他没有给贝儿画过画，但在网上快速搜索一下“拉斐尔的画”，就可以看出他惊人的才华。

你可能已经知道了，米开朗琪罗是个怪人。他很少换衣服，以至于当他脱掉靴子时，按照他朋友的话说，他的“皮就像蛇一样掉了”。他和尤利乌斯二世没完没了地争吵，有一次他非常生气，从脚手架顶上朝教皇扔了一块木板。事后，他惊慌失措，在午夜骑马逃离罗马，却遭到教皇密探的追捕。然而，米开朗琪罗似乎并不讨厌年轻的费德里科。他甚至让这个小男孩在他工作时出入西斯廷教堂。

令人惊讶的是，在费德里科出生前，伟大的艺术家兼发明家列奥纳多·达·芬奇就住在曼图亚，并为伊莎贝拉·德埃斯特画了一幅画像。然而，到1511年，由于意大利总在打仗，他逃到了法国，在那里为国王工作，还画猫。也许他确实发明出了时间机器，但由于他的许多笔记本都丢失了，我们永远无法确定。他骂米开朗琪罗是面包师，这是一种侮辱。

意大利人以前吃意大利面时确实会加肉桂糖，因为当时欧洲还没有番茄。番茄和巧克力、花生一样，都来自新大陆。有一段时间，金丝雀非常受欢迎，它们的价值相当于等重的黄金。